逃逸的引力

杨沐春涓 著/摄影

法律出版社

世界就像一本书，
不去旅行的人只读到了其中的一页。

——西方哲学家 圣·奥古斯丁

看到这句话后，我背起行囊，

开始了漫长的旅程……

土耳其内陆，前往地貌奇观地——卡帕多奇亚的途中

美国旧金山渔人码头（福克斯）

土耳其阿耳特弥斯神殿遗址——世界第七大遗址

美国洛杉矶花童

埃及，一切从此开始（卢克索、卡纳克神庙、塔哈卡纪念柱和拉美西斯二世像）

荷兰阿克马奶酪市场

泰国的传统节日

还，生命初始的样子 >>

这本书可以从封面或封底开始看，
会有两种不同流向的内容给你呈现。

你将要看到的文图和悟道，都是亲历体验和真切回味的，如此，它鲜活、灵慧，可信，并且有传播的意义。

旅行是一件非常个人的事情，唯一的共同点，就是必须上路，必须到达想去的那个地方。至于通过什么方式，路上做了哪些事情，没有标准答案，也不应该有标准答案。我无法确信每个走上旅途的人都有丰硕的收获，也知道对好多人来说，不去什么地方也死不了。但可以确信的是，旅行者的人生会更完整，更无缺憾，更快乐！

真正放开脚步四海为家之前，我差不多是一个劳碌数年的跨界人士。每一次岗位转换，都是顺势而为，纵向看来似乎总是后一个比前一个有小小的提高和进步，但是那种步伐和成长的期许还有很大的距离。

有一天发现，还是未知的事情更吸引我，而这些未知在我看来就是万花筒，光怪陆离，而又生动无比。没有比旅行更能全方位地满足一个人“身、心、灵”的需求，况且，这个理想可以助我在自由自在的心途中充实它的每处细节，实现质的飞跃。于是，我背起双肩包，从喧嚣忙碌的城市里闪了出去，放弃了名与利，放弃了所谓的舒适和风光，绕开熟悉的地方，一转身隐入茫茫的天与地、自然与人的海洋。

发现、探寻、莅临现场；停留、穿街过巷、拜访、记录、拍摄；走访了大半个中国以及许多国家，撰写、拍摄多部与旅行有关的图书作品和文章。

每一处的足迹都印证了出发前的期许：减压、采集、放松、收获、求证……如果人生可以重活一次，我会在18岁时定制这个美妙的计划，在拥有了第一桶金的时候付诸实现。

“城里没有猴面包树，我只好爬到路灯杆上去”，法国小作者蒂皮那略带传奇的不凡经历给了我必要的启示，虽然有些迟了。

城市中心的热闹，给了我们太多的喧嚣和浮躁；过多过密的狂欢以及消费，已使感官进入审美疲劳；只想跑到更远，到一个不曾熟悉和造访过的地方凝思、调理抑或孕育、飞升……

不论这个世界多么复杂、颠覆、突变，都要学会保持安静，保持生命初始的样子——简单、纯白、通透、生命力。记住：没有一件事比学会心灵保养对于昂贵的生命而言更为重要！

伊斯坦堡鸽影翩跹，沉浸在这安祥、和谐的宁静中……

EMİNÖNÜ
MEYDANI

目录

异域情致

异域滋养

原乡情致

原乡五味

原乡滋养

埃及—亚历山大—卡特拜城堡

异域情致

天与地的光芒，
看见外面的玲珑剔透，
将心情翻晒成最极致、舒畅的美景

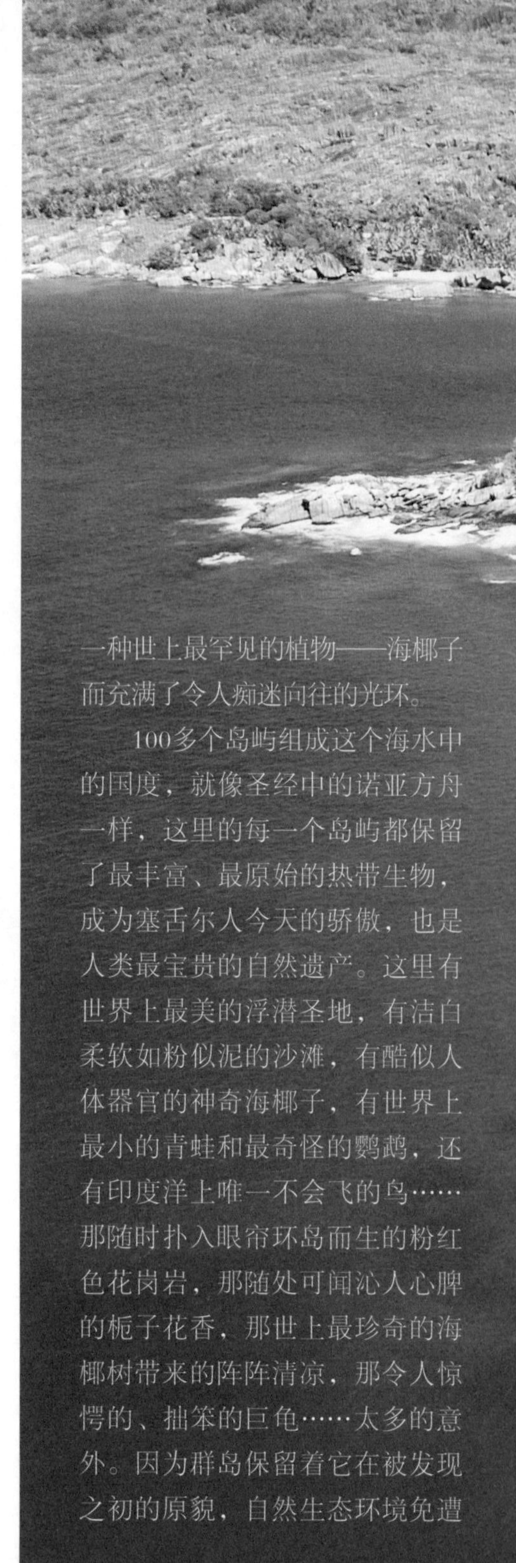

赤道南纬5度

曾经是那么的陌生，甚至不知道它躲藏在哪个角落。当它展现的时候，霎那间，又是猝不及防，无比惊叹！位于赤道南纬5度，距离非洲大陆1000英里，有个美丽的热带岛国，也正是传说中地球上最后的伊甸园——塞舌尔。那片泛着各种深浅不一的蓝绿色的印度洋上的岛国，因为生长着一种世上最罕见的植物——海椰子而充满了令人痴迷向往的光环。

100多个岛屿组成这个海水中的国度，就像圣经中的诺亚方舟一样，这里的每一个岛屿都保留了最丰富、最原始的热带生物，成为塞舌尔人今天的骄傲，也是人类最宝贵的自然遗产。这里有世界上最美的浮潜圣地，有洁白柔软如粉似泥的沙滩，有酷似人体器官的神奇海椰子，有世界上最小的青蛙和最奇怪的鹦鹉，还有印度洋上唯一不会飞的鸟……那随时扑入眼帘环岛而生的粉红色花岗岩，那随处可闻沁人心脾的栀子花香，那世上最珍奇的海椰树带来的阵阵清凉，那令人惊愕的、拙笨的巨龟……太多的意外。因为群岛保留着它在被发现之初的原貌，自然生态环境免遭

印度洋包围着塞舍尔岛屿

破坏，成为印度洋上最昂贵的明珠。

去幽静神秘的地方寻找“时间囊”是突然蹦出来的心灵闪念。很快我就发现，

领略这里的最好方式是乘船在诸岛中穿行。在翡翠般的海水中下潜、下潜，然后航行、垂钓；在恬静的海滩休憩，探索幽深的岩洞，体会度假的真正含义。

塞舌尔所有的花岗岩岛屿都罗列在马埃岛周围，更多的珊瑚岛则以优美的弧线指向非洲大陆的东海岸。在这100多个岛屿中，大部分岛屿都处于人类从未踏足的状态，如同天地创造之初一样，除了亚当和夏娃，还繁衍生息着世界上最为珍稀的动植物物种。

塞舌尔群岛分为4个密集的岛群：马埃岛和它周围的卫星岛是第一大岛，其他3个岛分别是锡卢埃特岛、北岛和普拉斯兰岛群、弗里吉特岛及其附近的礁屿。花岗岩岛多是山地丘陵，

以马埃岛海拔905米的塞舌尔山为全国最高点，珊瑚岛则地势低平。全境没有河流，这让塞舌尔群岛拥有了无数个美丽的沙滩和海湾。无论白天还是夜晚，沿着浪漫的环游路线前往各个小岛，去幽静神秘的海湾和小峡谷探险，乘坐游船在浩瀚的海面上航行，以不同的视角来欣赏沿岸的岛屿，正是感受变化带来视觉冲击的绝好时段。

观赏海里的游鱼和天上的飞鸟是最有趣的。其实，按着自己的意愿做简单的航行也是非常不错的。来自法国的游客选坐了曼森旅游公司的莱卡特(LACARTE)号轮船，为的是随时可以出海垂钓或者航游，而我恋恋不舍的就是沉到那蓝绿色宝石般透明的海水中，做一次梦幻般的白日梦！

真的美，怎能用语言表达，不能刻意雕琢美化出来。
是自然的恩赐，是远古悠长回声的传递，
是人类圆梦的瑶池，是心灵秘境的回味……

蓝绿交互的印度洋

花岗岩上的黑王子

马埃岛是塞舌尔第一大岛。全国8万左右的人口有90%都居住在这座岛上。全岛有一条环行公路，加上横穿东西的5条蜿蜒的山道构成了整个地面的交通网络。国际机场在岛的东部，距首都维多利亚市(Victoria)大概15分钟的路程。

如果没人引领，一时不知道该去哪里造访，走几步就会迷住的。街边的小店，五颜六色的布片，吃水果的孩子，简单劳作着的赤裸身体的当地人……不时有金发碧眼的欧美人三三两两地走过，而最让人喷血的还是当地健壮的帅哥打鱼归来。

市区其实很小，与其说是城市，不如说是一个小镇。街道整洁得让人不忍踩踏，两侧的建筑留有欧洲的典雅痕迹，小巧玲珑，格外地幽静而秀丽。从这一头走到那一头不超过15分钟。 如果不逛商店采购礼品，不参观

马埃岛，一条鱼的距离

有人形容梵蒂冈国家之小时曾开玩笑地说：在梵蒂冈，随便开一枪都能打到罗马的鸟。而在塞舌尔的维多利亚，估计随便叉一条鱼都有可能是刚从别的城市游过来的！

教堂、博物馆，不进入植物园，穿着沙滩鞋在市里慢慢溜达，半个小时就转遍了。而整个马埃岛，环岛开车一圈，半天也就足够了。据说圆岛更小，15分钟几乎可以完成岛上的全部探险历程。尽管是巴掌大的地方，却有一种磁石般的、能迷死人的召唤力量，让来过的人恋恋不舍，不思其返。很快就会发现，马埃岛上原来只有一组红绿灯！而事实上，塞舌尔全国也就独此一组红绿灯。导游说，这还不算奇怪，整个维多利亚市只有一座电影院、一个邮局、一个公共汽车总站，一个……先去逛fish market，也就是维多利亚的农贸市场，和国内小型菜市场差不多，只是鱼腥味很浓烈，足见这里“鱼气冲天”。

不知不觉就走到了繁华的市中心，中间那座建于1903年的钟塔便是市中心的标志。著名的PiratesArms餐厅就位于离它30米远的地方。餐厅里既有当地居民携家带口，也有很多慕名而来的游客。掩映在绿树丛中的白色楼宇便是塞舌尔的高等法院，中央立着的是维多利亚女王的雕像。市中心还有一座简单素净的白色教堂，不像欧洲的教堂那般富丽堂皇，雕饰繁多，和色彩纯粹的海水、简单大气的岛屿融为一体。这个异域小国一见如故的亲昵，由此带给心灵的满足，足以细细体会一辈子。也许，就是这份简洁和精致的杂糅，攫住了我永恒的眷恋。

游荡在东部高地

穿过鲁萨佩小镇，再次上路时，两侧的风景变幻得越发勤快起来。Mikirion说海拔又增加了50米，车上有人说有点迷糊，不过我这攀爬过不少海拔3000米以上山脉的旅行者，一点不适的感觉都没有。

细而笔直的树干撑满公路两侧，高大的云杉气冲云天，没有太多的枝杈。缝隙间交织着绿色的树枝和藤蔓，因为缺水的缘故，还没有达到热带雨林那样繁茂、丰盛的地步，多少还是有点那个意思了。

即使在疾驰的车上，透过树干的缝隙，还是可以看到远处密密麻麻的绿色丛林以及亮

晶晶的湖泊。这时的地势好像高了起来，车轮正在津巴布韦和莫桑比克的交界地带旋转，车窗的右侧一派葱翠的莫桑比克风光，而津巴布韦这面更是突兀的风光迤逦。把一块高地单列出来作为景区，想必有它独特的道理。

津巴布韦的东部边界，从北向南300公里处蜿蜒着的山脉正是我们经过的地方。有人提示说这里是一个让人感到变化奇特的地方，风格多样的景色，安静得让人有一种陶醉在大自

然中的快感。这在随后的驻留中让我信服得有些陶然，所以后来知道这里还有一个名字叫“非洲瑞士”，就觉得理所当然。

津巴布韦大部分的土地以高原为主，而且各种奇石广布。中部的高地草原区堪称全境地形的脊柱，大多数河流都发源于此地，分别向北流入赞比亚西河或者向南流入林波波河。虽然地处非洲高地，但是津巴布韦的气候让我大出意外，没想到这个国家多是四季如春，气候宜人，被称为世界上气候最好的国家之一。

东部高地是盛产高尔夫球场的地方。据说这里的球场可以使高尔夫爱好者心跳加速，走到此地忍不住要来打一局。当年正是因英国王室在东部高地度假的住宿地而闻名，而今天借助这里的优良地势和物种，它的重头戏依然是高尔夫球场，举凡津巴布韦顶级棒的高尔夫球场都集中在这里。拿瓦哥山海拔2592米，是津巴布韦最

高的山脉，你可以步行或者驾车前往不同的风景名城，任何路途都令人心旷神怡。高地的南端是卢端迈米大山，不需要太多登山技巧就可以攀登。

众多的小河、瀑布点缀在山中，可以悠闲地在这里尽享一整天的旅行时光。发现附近有个植物园，里面种植了好多非洲珍稀植物。据说东部高地有好多花卉出口到迪拜以及其他地方。绣球花最多，不是我见过的带刺的那种，花朵本身像一个球冠，蓝紫色，由好多个小碎花组成，感觉像蒲公英似的，远处看去像是一个个撑开的紫伞，原产地却是在南美。橘黄色的天堂鸟很耀眼，尖尖的嘴巴抹着一缕杏黄，灰绿色的叶子簇拥着红色花瓣，更雅致的名字叫鹤望蓝。

三角梅的身影总是躲不掉，它属于杜鹃科，每个花瓣都像个小三角，这种花我国的云南也常见。不过这里的三角梅颜色艳得让人眼睛发晕，或许跟这里的气候更温暖有关。看这些美丽的植物，我暗自冥想，自然界的颜色搭配真是各有其道，同样一种花，在津巴布韦的环境下不觉得扎眼，要是挪到北京的天空下就会显得十分异类。

路口处立起两个路标。大一些的标明从豹子岩去周边度假村、住宿地、娱乐场和商场的距离：

Furaha Lodge 2KM;
Mavusa Flatlets/Mews 4KM;
Slelghtholme Suite 4KM;
Badgers Bend Cottage 5KM;
House Riding 4KM;
Craft Shop 4KM.

没有时间去这些地方，但我知道除了脚下的豹子岩外，东部高地一带有不少度假村、酒店和疯玩的地方。它们基本分布在山脚下的穆巴瑞小镇附近，游客多半会选择登翁巴山上的豹子岩，这是一段盘山路；或者登尼扬加尼山，这里喷涌着温泉，盛产一种皮硬刺多适合烧烤的虹鳟鱼；登奇马尼玛尼山，属于高尔夫休闲度假地，旅行社多半在高尔夫配给制时会推荐。

大大小小的市场分布在古玩房、宿营地，好的旅馆和经济性住宿都依山而建。暮特是从深山中蜿蜒而出的，柏油路是通向神秘巴伏玛的一个起点。这里有许多舒适的小酒店，以美食、好客和足够的安宁气氛闻名。拉佩德克酒店是其中最有名的，配有18个洞的高尔夫球场和与莫桑比克毗邻的美丽风光。暮特的北部是拿瓦哥地区，完美的松林非常适合骑着马儿漫步其中，美丽的水坝里可以看见捕鲸者。这里是纯天然的度假目的地，安静与祥和的环境使人感到内心的宁静，丰富多彩的活动使人尽享打高尔夫、捕鲑鱼、徒步登山、娱乐场和骑马的自然情趣。

踏入世界马都的心脏

随时都会有人到这里进行马的交易

距离美国肯塔基州路易斯维尔市地区的公路不远处，有安静的乡间小道可以到达传奇的赛马牧场和地下溶洞。路边有白色或者原木色的牧场围篱和蓝绿草的草坪诱惑着我的眼球，我不得不放慢脚步感受那种天然的闲情逸致，偶尔也会见到南北战争留下的独特历史遗迹，还有树林间隐约可见的私人宅邸。

同行的人中有国内来的马商和专门组织马术活动的专业人士，尾随他们，可以走进这个号称“世界马都”的心脏。尽管肯塔基州不乏现代企业，但是作为州的象征和美国人“不羁精神”的体现，最值得推崇的还是马。KEENLAND马场相当专业，马跑道上铺设的材料不是普通的沙子。那个略胖的、说起话来颇有骑士风度的肯州人跟我讲：衡量一个马场的质量，只要看看它的跑道就可以有数了。拍卖大厅里更是极其奢华，它有着扇形的阶梯式聚焦结构，我觉得它不像是拍卖马的拍台，倒像是看表演的剧场，也有联合国会议中心的架势。只是当我抬头，看见马站立的圆台上方的电子屏幕不断闪现的数字时，才信以为真。纯血马的拍价令人瞠目结舌，几十万美金稀松平常，盯着不断上升的数字，my god！初次见到这情形的我禁不住喊出了声。

标号为228的马正在被拍卖

赶到列克星敦市肯塔基赛马公园时，那里正在准备一场表演赛。如足球场般开

HIP# 228
$325,000
HIP# 228
$325,000

赛马公园

阔的圆形场地上，铺了厚厚的泛着金色的沙子，大厅里灯火通明。这个公园有着一百余年的历史，在这里，更觉得是进入了马的世界。马场就像是散布在各地的商场，大大小小近400家，其中有几家以培育纯血马著名。这还不够，州里还有4800平方米的世界上规模最大的马博物馆。每年从地球的不同角落蜂拥而至的人会观看世界马术奥运会，“世界马都”彻底被淹没在浮动着马头和牛仔帽子的海洋里了。

我的生活离马的世界实在遥远，但是肯塔基州源于马文化的“不羁的精神”却让我着迷。从过于热闹喧嚣的都市逃逸出来，这里清澈的明信片般的幽美宁静和丰富的休闲运动，恰好成了修身养性、喘息冥想的天堂。这里的舒服是那种把马嚼子卸下来自由放松的淋漓，捧一杯美式咖啡，在午后慵懒的阳光下看本小书的惬意，那种宁静舒畅的美意是从心底里流淌出来的……

对于这里的人来说，生活是充满诗意的田园牧歌，自由、休闲以及挑战自我的冒险。

我最欣赏的还是他们的性格，贵族式的绅士而又平易近人的友好。很快发现，真的是到了与牛仔为伍的地方，不论大人小孩，不分男女，出出进进都带了一顶牛仔帽，即使是一身简约的现代牛仔装束和电影里也没太大的区别。因为牛仔的行头当中，每一件都有它的存在价值，而不仅仅是摆设。

马术表演赛开始了。英姿飒爽，动感十足，心情随着场上的马者风云变幻，也难免不手心里攥着一把汗。温柔的、花样的、动感的轮番上演，有一种只可意会难以言传的激荡快感，过瘾的激情释放，早已把积聚很久的忧虑和愁绪踢踏得精光！“德比赛马节”是全球爱马人的节日。每年4月底至5月初为期两周，5月的第一个星期六为最重要的赛马日。戴宽檐帽的骑师、发出嘶嘶声的马群、尘土飞扬的草原都会展现在激烈的马术赛事上。老布什与小布什两任美国总统一起来看过比赛。可容纳10万人的草场被来自世界各地、各种肤色的人们挤满，大家都喝着一种叫MINT JULEP 的鸡尾酒。各路明星前来捧场的场面不亚于好莱坞星光舞台。女士们全都盛装出席，各式出挑的礼帽争奇斗艳。

肯塔基赛马公园的高规格赛马场

神与人立约的记号

从津巴布韦这端穿行莫西奥图尼亚瀑布，利文斯通雕像所处的地方既是第一站，也是观察整个瀑布横切面的最好站点。我站在距离雕像10步远的地方，很是专注和敬仰地凝视着。这个被瞻仰了近一个世纪的伟大人物，那一身戎装让他坚毅而沧桑的神态更加令人起敬。几乎所有从此经过的人都要在像前拍照留念，即使当地黑人也是凝视着塑像的身影而过，可见利文斯通早已和这片土地合而为一。我被一股精神的力量吸引着，竟然物我两忘。一阵骚动在不远处响起，回头察看，也经不住兴奋起来。隆隆的声音冲撞着耳膜，白哗哗的水流奔泻着，白花四溅，雾气昭昭腾空弥漫……

“彩虹！彩虹！”眼尖的已经在叫喊，紧急张望，那若即若离的地方一道弧形的线条放射着七色的光晕在召唤……那一刻，所有的人都举起了相机，对准了那远处的光环“咔嚓、咔嚓”，唯恐这仙境般的奇迹消失，之后就是走马灯似的幸福地拍照……

这个时候，站在第一挂瀑布的前端，探望深不见底的峡谷，才觉得一切关于大瀑布的赞美真实可信起来。

正对瀑布1800米宽的峡谷这一边设有多处观景台，其高度与瀑布顶部持平。在这里近距离观赏巨大而水量充足的瀑布，万马奔腾般的河水凌空落到深不见底的峡谷之中，磅礴

的气势撼人心魄。10月，正是此地的旱季，据说雨季时，很多游客已被淋成落汤鸡，但也再所不惜。旱季，也是这个传说中“雷声轰鸣的水雾”水量最少的时候，即便是这样，当我真正置身其中的时候，还是被奇绝的自然景象震撼。瀑布正好位于赞比西河的中游，这里群山连绵，地势陡峭，广阔的赞比西河在抵达瀑布之前安静地流动在宽阔的玄武岩河床上。突然，从150尺的悬崖上跌入峡谷，巨大的落差，巨大的水流形成了巨大的声响。“飞流直下三千尺，疑是银河落九天”，中国古代伟大诗人的名句呼之欲出，对于宇宙万物宏大而又细腻的感知又怎么会分种族和国界呢！

据说每逢新月升起的时候，水雾中会映出光彩夺目的七色彩虹（rainbow）。这条眩目的彩练被称为“神与人立约的记号”。看见彩虹的人是幸运的，而这个下午，它的光晕在瀑布的水雾和两侧的悬崖峭壁间架起一道弧线形的彩色光环，将我的双眸锁住！我追逐着彩虹的影子从一挂瀑布走向下一挂瀑布，有一种喜悦的狂欢。瀑布边是一条弯弯曲曲的林荫小道，浓密的植物和树木即使在旱季也郁郁葱葱着，更有鲜艳的花朵开在绿色的草地中，不经意间头上飘洒起淅淅沥沥的水滴来，脸上和裸露的肢体湿润润的，以为下起了小雨，很快就察觉出这水滴是从瀑布方向不断飘来的。耳边是轰鸣的水声，脸上是细腻的滋润，空气清新如洗，我突然不想再挪动脚步，屏声息气静止在那里，让自己心无杂念地享受这绝美的自然赠与。这是天浴！是来自莫西奥图尼亚瀑布的天浴。片刻，我睁开早已酸疼的眼睛，许是常年接受充足阳光雨露的缘故，我发现所处的峡谷这边的花草格外的茂盛、缤纷，疑似到了热带雨林。

赞比西河的
落日和琴声

无论什么时候去赞比西河都是生命肆意，景色无边；如果坐上油轮，也定会听到拇指钢琴的声音婉转悠扬。没有上船前，早已急不可耐，太多对于这条生命之河的憧憬，即将化为眼前的真实，不激动、不欢乐那才叫假装呢。

上船时，太阳离落下去还有一段时间，水面上一片平静，连个大的起伏波浪都没有。不过,这也就是靠近赞比西河loge这边，其他地段如何，不好推测。非洲的河流是有欺骗性的，表面上风平浪静，并不意味着真的平安无事，水面下，往往是伺机出动，抑或千军万马潜伏着也说不定。这让我开始恐惧起来。总是担心船边处突然冒出一个什么动物的头来，或者瞧我漫不经心的时候，抽冷子把我拽下船去。

落日缓缓降下炙烈而骄傲的头颅，晕染开红彤彤、金灿灿的天幕。落日余辉下，一艘白色的大船停泊在赞比西河靠近津巴布韦一侧的码头上。斜靠在栏杆上，目光朝向远处，黑色的小礼服衬托得脸庞恰到好处地娴淑安静，腰间扎着的方巾泛着明晃晃的光，正好和逐渐攀

赞比西河落日

升的斜阳对称。余晖是一片红彤彤的彩霞，倒映在水面上，仿佛撒了一大把碎银子波光粼粼。这是放松神经、安详美丽的时段，也是静候什么事情突然发生的时段。

有水的地方生命就会茂盛，何况津巴布韦一年四季都温和，繁密的草木随处可见，即便是旱季，绿色依然是水畔周边的主打。充足的水源吸引来无数珍稀野生动物在此地栖息和繁衍，尤其到了干旱季节，在这片低洼地带，稍加留意就会看到很多珍贵的景象。许多濒临灭绝的黑犀牛、尼罗河鳄鱼等珍稀物种都聚集在这里，至于每一次航行能够看到什么，全凭每个人的运气和福气。一头长颈鹿叉着前肢在岸边饮水；孤独的鸵

鸟出现在草丛中，四处张望，像是在寻找同类；50米处，深灰色的河马终于冒出头来喷起了高涨的水柱；一只大个鳄鱼悄悄地、不动声色地靠近船帮……天啊！我紧张得张大了嘴巴，几乎探身即可触及。这就是赞比西河的生命律动。船尾处响起一阵舒缓的琴声。循声望去，一个英俊的，叫Misheck Muponda的土著黑人正在弹奏一种古老非洲的民间乐器——木板琴（也叫拇指钢琴）。黑人袒胸赤背，健硕的线条被夕阳映照得泛起灼人的油光，棱角分明的脸儿埋在胸前，一块木头，两排铁片，就在他的手指拨动下发出极富节奏的声响，而且音质极富古老悠远的神韵……

“能告诉我弹的是什么吗？”“SONG: Lion sleeps tonight .”他每天晚上都在这里出现，据说每月可以赚到二三十美金，对于大多数黑人同胞来讲，这是一个不小的数目。

他一直低头弹奏，仿佛整个身心都融了进去。赞比西河傍晚独有的宁静时刻，让微弱的琴声变得清晰而流畅，琴声吸引过来游客观摩。远处，三个逐渐淡出视线的小岛将世界第四大河赞比西河分割出不同的水域，左侧这个位于津巴布韦境内，从津巴布韦这边登船，对岸就是赞比亚。

火红火红的太阳很快坠入河水的边际，无影无踪了。目不转睛地凝视着那隐遁的瞬间，忽然升腾起一股莫名的思绪，在这遥远的非洲的河流上，会发生多少事情，幻化出多少色彩呢？无法估测每个事态的出现和消失是否充满了偶然和哲思，甚至会遇到什么奇遇。我只是和以往一样静观，喜欢经历。

波本酒、KFC、猛犸洞的尖叫

说到酒，那是肯塔基州与马并驾齐名的另一个王牌，很有名的就是波本威士忌，这种酒与其他威士忌酒有着严格的区别。据说，几百年前人们不习惯波本威士忌的辛辣味道，进行了一系列的品质改良，包括酒桶必须是全新的，里层还要被烤过，5成以上的原料来自玉米。一般波本威士忌酒都要保存2~5年以上才能喝，世界上95%的波本威士忌酒产于肯塔基州。

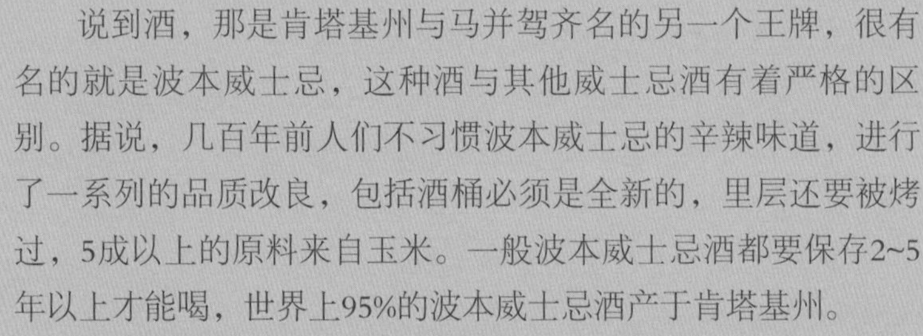

我不喝酒，但这并不影响我喜欢品尝和收藏威士忌酒及其酒瓶，波本酒厂之旅完全为我打开了一扇酒文化的神秘之窗，威士忌酒制作过程本身就像是打制一件工艺品，可供人玩赏并享受收藏的乐趣。当地人认为这种酒体现了一种土生土长的“美国精神”，美国国会曾经通过一项决议，正式宣布波本酒是一款与众不同的产品。

在一家酒窖，肯州人递给我一小杯琥珀色散发着醇厚、浓烈滋味的液体，并被告知“每家酒厂都有着悠久的历史”。赏心悦目的酿酒设备让我大开眼界，我忙忙乎乎地看这看那，有趣的是，无意间完成了一次波本威士忌酒厂特别护照之旅的活动。每一家酒厂都会在游客的护照上盖上自己的章，八家齐集，将收到特别的礼物。呵呵，肯州人别出心裁的做法狠狠地满足了一下我的“虚荣心”。

酒窖的木桶都是特别定制的

印上标号的酒桶代表了每个酒厂的荣誉

ORD RESERVE DISTILLERY
DSP-KY-52
URBON WHISKEY 1
RC 528 G
DATE: 07-21-09
OT NO: 09-G

猛犸洞

湖畔垂钓

猛犸洞国家公园是一处世界自然遗产，位于肯塔基州的中部，它以古时候长毛巨象猛犸命名。这个“巨无霸”洞穴目前已探出的长度近乎600公里，究竟有多长，至今仍在探索不得其果。200多年来，探险家们前赴后继，他们的探索精神已被镌刻在猛犸洞每一公里的发现史上。

目前，猛犸洞只有10英里对游客开放，它由255座溶洞分5层组成，上下左右相互连通，洞中还有洞，宛如一个巨大而又曲折幽深的地下迷宫。这里以溶洞之多、之奇、之大称雄世界。在77座地下大厅里，其中最高的一座称为“酋长殿”，它略呈椭圆形，长163米，宽87米，高38米，厅内可容数千人。有一座“星辰大厅”很富诗意，它的顶棚由含锰的黑色氧化物形成，上面点缀着许多雪白的石膏结晶，从下面看上去，仿佛是星光闪烁的天穹。洞内最大的暗河——回音河低于地表110米，我乘了一艘平底船循河上溯游览洞内的风光。导游说，河中有种奇特的无眼鱼叫盲鱼，其他盲目生物还包括甲虫、蝼蛄、蟋蟀。有许多褐色小蝙蝠潜伏在人迹罕至之处，船行经过的时候，偶尔会听到它们的叫声。

现代的肯塔基不只是以种植的植物或牧场里的纯种赛马而别有特色，肯塔基如今世界闻名，因为它的炸鸡连锁店开遍全球，那个山德士上校的经典形象，妇孺皆知。其实，山德士根本没有当过兵，他只是该州很多被授予“肯塔基上校”荣誉军衔人中的一个。到现在，肯德基的总部还在那里。

最先让肯塔基名传天下的并不是马或者酒，而是两个总统。南北战争期间，肯塔基州成为南北方的边界州。有趣的是，北方的总统亚伯拉罕·林肯和南方的总统杰佛逊·戴维斯均是肯塔基人。在州府旅行，总是不会错过到林肯雕像下仰视一下，至今，肯州的人们仍把林肯视为心目中最伟大的人物。聚会、举办重要活动，都会选择在此地留下他们的心灵追忆。此外，还能参观前重量级世界拳王阿里的博物馆。

阿里博物馆入口处

IT's FIJI TIME! 慢慢来

要去斐济曾经很不容易，要从澳大利亚或日本、香港倒航班，好一番辗转周折。所以，在很多中国人的概念里，这个岛国陌生至极，更不用说那个地方是什么样子的了。飞机掠过南太平洋中心的上空时，那个头戴木槿花的漂亮空姐向我微笑，指点着舷窗外散落在海水里的一片岛屿跟我说："那就是我们的国家斐济，我们正飞翔在介于赤道与南回归线之间，是纽澳前往北美的必经之地……"我睁大有些困意的双眼，被那一种销魂慑魄的蓝绿给迷惑了。

大约有300多个周围围绕着环状珊瑚礁、椰林摇曳的碧绿岛屿，构成斐济这个诱人的度假岛国，到处充满南国海洋的原始美感。由于地理位置处于南太

平洋中心，想象中应该热得像要燃烧爆炸的火炉，而令我吃惊的是，虽然天气非常热，但是从未达到酷热的地步。

主岛海滩是斐济最漂亮的白沙海滩，有着迷人的自然风光，安排有从潜游到骑马的一系列活动。通常，5月到10月是给喜欢温和干燥天气的人准备的。

首都苏瓦不大，就像中国的一个中等县城，但比县城要喧闹得多。斐济是个多种族国家，在大街上行走如同穿梭在多人种的人群中。最多的当然是原住岛民，另外就是势头越来越庞大、大有超过原住民数量之势的印度人，也不乏欧洲血统、罗图马族、华人等。

城里有个挺大的博物馆值得一去，我在那里终于找到了解答这个陌生岛国的神奇答案。传说数千年前，最早迁徙到斐济的是美拉尼西亚人，后来波利尼西亚人也跑到斐济定居。1643年，世界上以善于航海探险著称于世的荷兰航海者给这里带来命运的契机。阿贝尔塔斯曼(Abeltaswman)航行到这里，成为最先发现斐济国土的欧洲人。随后，经过了197年的漫长时

光，直到1840年，这片海岛才迎来美国远征探险队司令威尔克斯的航行队伍。

斐济人的热情好客非常直接，认可你，对你好，你就等着接受热辣辣的目光和贴心实在的服务吧。我第一次接触斐济的女人时，都有些不知所措。她们身材高大，体格健壮得像一个扑手，深褐色的皮肤，头发卷曲而厚密，身高马大的我和她们相比竟然有些袖珍。其实，无论男女，斐济人的性格都温和柔顺得和身材不成比例，轻轻低低的声音让我也不由得轻言细语起来，看看，外面的世界多有趣！

最享受的还是斐济人最爱说的那句话——IT'S FIJI TIME，意思是叫你别着急，慢慢来，这很符合我想要的理想境界。时光在我的履历里，从来没有如此地随意懒散，如同午后的阳光一样，竟然是可以触摸的。我惬意地感受到，那里的一切都是为人准备的，而不是让人成为那些东西的俘虏。

一个能歌善舞的民族，无论什么人，只要你是第一次来到这个国家做客，他们都要以主人的身份为客人举行一种传统的欢迎仪式……那时，你就可以领略到这里人特有的习俗以及被海岛魅力宠爱的汪洋恣意了。

异域滋养

阳光热情洋溢地洒落下来，
在路上留下我活蹦乱跳的剪影，空气中弥漫着草木气息，
洋溢着一种自我“流放”的甜美。

Kentucky
这一次，“我的肯塔基故乡”

美国大陆航空公司的飞机升到云层上后，我的思绪就随之腾云驾雾般飞翔到遥远的美洲大陆。隆隆的呼啸声在耳畔次第响起，旷野的深处，一个被尘埃包围的目标由远及近地扑入视线……嘚嘚的马蹄声犹如战鼓，震颤着大地，敲击着我沉静而又忐忑惊悸的心，那模糊的轮廓里显示出手执长鞭、头戴卷边帽、蹬着马靴、挂着马刺的英武牛仔，脖子上鲜艳而富艺术情调的棉质围巾让那饱含美国西部标签的脸庞更加冷峻、生动……

每次在美国经典西部影片中不断出现的标志镜头，在我寻觅压力解套的途中不断地再现！

肯塔基州有个十分幽雅的昵称——蓝草洲，它处于美国中东部，东面是西弗吉尼亚州和弗吉尼亚州，南连田纳西州，西接密苏里州，以密西西比河为州界，北面隔俄亥俄河，与伊利诺伊州、印第安那州、俄亥俄州相望。州内有肯塔基河、田纳西河、坎伯兰河等，这让面积和我国浙江省差不多的肯塔基，水源丰沛，空气清新，植物茂盛

肯塔基州城市

得犹如上帝在这里晾晒了一幅巨大的、毛茸茸的绿地毯。又窄又深的山谷和壮观的山峡交错在州东南部的重山之间，群山的西边，平原慢慢地朝密西西比河畔倾斜，广阔的蓝草区在这里包围着州经济中心路易斯维尔市，这个州出了名的赛马都是吃这附近的蓝草长大的。我突发奇想地向这个地方奔来是跟童年的一些记忆相关的。有人说，当你感到情绪不顺畅的时候，最好的药方就是转换情境，而这个地方，一定要是你心底里长久渴望而又没有到达过的。全然一新的视觉感受，会是从天而降的一股清流，蜿蜒过心灵干涸的戈壁，抵达最渴望浇灌的心房。这倒不是驱动我来此地的助力，而是有些旋律一直在我耳畔渐隐渐现地不曾消散。

在换车去路易斯维尔市的途中，尽管导游一再强调这里有声名远扬的通用电气、福特汽车、宝洁、杜邦和IBM等大公司的生产基地，而望着窗外不断闪过的山川、绿野，我的心早已被那首老歌的美妙旋律勾魂摄魄，飘荡到一个空气清新、心神宁静的牧场。

美国人，甚至美洲大陆之外的人，没有不知道伟大的作曲家福斯特的，那首著名的歌曲《我的肯塔基故乡》不仅深入人心，而且成了肯塔基的州歌。

“阳光明亮照耀肯塔基故乡，
在夏天，黑人们欢畅，
玉米熟了，
草原到处野花香，
枝头小鸟终日歌唱，
那儿童们在田舍游荡，
多快乐，多欢欣舒畅……”

马儿惬意的时光

背包客旅游探险的脚步也开始踏上这块土地

据说，肯塔基州曾被北美土著民族如肖尼部落视做庄严的祭神场所，直到1750年为止，都没常住的土著居民。20年后，弗吉尼亚和北卡罗莱那的殖民者穿越坎伯兰岬口来到肯塔基，这片土地才迅速发展成为阿巴拉契亚山脉以西的第一个殖民点，1790年6月1日宣告成为美国的第十五个州。

这里的风情韵致都是露天开放、赤裸展露的，所以更有想与之主动亲近的人情味。

温暖的阳光，热情洋溢地洒落下来，在前行的路上留下活蹦乱跳的剪影。空气中弥漫着清新的草木气息，没有工业化的任何搅扰，越往前走，越有一种自我“流放”的甜美。千米之外，山石凌峻，水岸的岩石上有人在悠闲地垂钓，他太专注了，以至于从他身边走过都没有惊扰，倒是站在他一旁的长发女孩咧开滑润的嘴巴灿

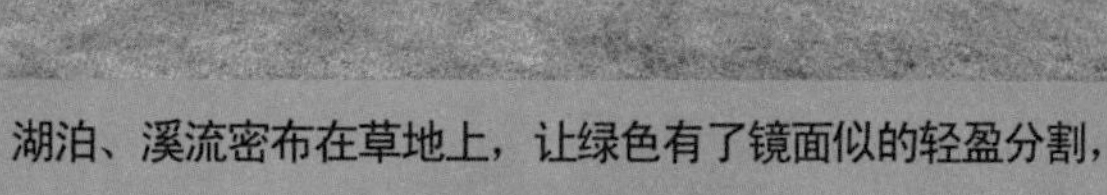

湖泊、溪流密布在草地上，让绿色有了镜面似的轻盈分割，围篱将各家的马场分开

烂地微笑……“继续走，前面有个攀岩基地。”她告诉我说，而在基地的前面还有水上漂流、水上摩托艇等更多自然水上项目。

到处是草地、草坪、草场。“肯塔基”源自印第安语“草地”。草地的边缘有设施发达的道路，林荫分布，汽车旅馆业颇为兴隆，所以自驾辗转于各个马场间，客串成马背上的牛仔，体验现代汽车在宽阔的马路上驰骋飞翔的倜傥，绝对独树一帜。著名的肯塔基马赛就是在一个名叫“丘吉尔草地”的跑马场举行的。由于沿路丘陵地势起伏，从车窗向外望，广阔的草地就像滚动的绿色波浪。据说附近有一个小城的名字就叫“滚绿”，这个极富有诗意的名字一直在我的记忆里保有它最初的色彩和动感。

“滚绿城”的街道很适于散步，城中心正在辟建草地广场，中央有典雅的雕塑和喷泉，四周栽了常青树。附近有一家名为“西西里”的意大利餐馆。迈进门槛，一幅特别的画迎面而来。一棵树木的竖切面上，色彩缤纷而朦胧，一望也能猜出画的主角就是爱因斯坦。白发蓬乱的他穿着绿衣裳，一把小提琴握在手上。我想，也许他就是在演奏《我的肯塔基故乡》。

散布着浅粉色细沙的海滩，让欧洲人流连忘返

圣经中的五月谷

我最喜欢普拉兰岛，它有典型的塞舌尔风情，那么拉迪格岛就是一百年前的塞舌尔了。有人把这里称为“时间囊”，就是固执地保留着塞舌尔20世纪初的原貌。也正是这个原因，它被世界权威媒体列入一生中应当去的50个地方之一。

岛上限制机动交通工具，最常用的是自行车。为了担心晒成黑鱼干，我总是浑身上下涂满防晒霜，戴上遮阳帽，然后租一辆两个轮子的“宝马”穿行于岛上的各个角落。淳朴的当地人，总是投给我赞许的一瞥，然后用我听不太懂的语言打招呼。后来我终于搞懂了，大意就是“如果你累了，就停下来和我们吃鱼吧！”真的好感动。如果有时间的话，还可以选择牛车，不过，来这的亚洲人基本不屑，因为停留的时间短，倒是欧美人对此津津乐道。德阿让海滩绝对是世界上最美的海滩之一，也是世界上被拍摄次数最多的海滩之一。海滩上的岩石奇特而优美，拍到片子里是非常富于表现力的。

偶尔会经过一些小渔村，一路上没有太多车子。穿行时，岛上居民都不由自主地转头来看，流露的神情很与众不同，不是没有见过世面的那种热情或好奇，而是一种相当有气质的“欢迎”。生活在这么优美的地方，久而久之，想不变得从容淡定都不行呢！

当地的集贸市场，横七竖八地摆放着新鲜的海鱼

土著舞蹈和傍晚的晚霞媲美

世界上的很多珍稀动植物只能在这个岛国寻见，如水母树、捕蝇鸟，每年4~10月，大概有2,000,000多只鸟飞来安家落户。这里还有世界鸟类保护委员会托管的库金岛、居住着15,000 只巨型象龟的世界自然遗产名录中提到的阿尔达布拉岛……

终于跟随当地人来到那个神奇的植物前。“你看，这就是！”

“海椰子，天，真的很像啊！难怪塞舌尔把海椰子视为国宝！”

海椰子其实并不长在海里，只不过是很早很早以前，马尔代夫的打渔人在海上发现了漂浮着的母海椰子，他们不知这种果实从何而来，便以为它是长在海里，于是，人们开始叫它海椰子。母海椰子的果实看起来像一个巨大的、绿色的心，直径大约有30厘米，椰壳脱落后像少女的臀部，而公椰子则像男性的生殖器，也难怪当年喀土穆的戈顿将军就坚信五月谷便是圣经中说到的伊甸园。

海椰树是塞舌尔的标志，传说中亚当夏娃偷吃了禁果，所以被逐出伊甸园，但那禁果并非苹果，而是海椰子。看过这奇异的果子，除了会相信传说的真实，肯定还会感叹造物主的神奇：世上居然有这样的果实，不但分雌雄两种，还分别长得像人类男女两性的性特征！

海滩边的度假地总能看到这样玫瑰色的场景，好像是某部电影的布景

南出塞舌尔维多利亚港48公里，便是世界罕见的植物海椰树的家乡普拉兰岛。一派热带原始森林的绮丽风光。这里是世界上唯一保存有4000多棵海椰树的地方。海椰树生长缓慢，但生命力极强，树龄可高达千余年。一般幼树从25岁开始结果，可连续结果50年以上。每棵树可以一次结果几十只，果实重达18公斤，特大型的椰果可达30公斤，被人们称为重量级椰子。海椰果完全成熟需要非常漫长的时光，可达7~8年。果子长到9个月左右，果汁便香醇可口，是上好的甜食，完全成熟后，坚硬的白色椰肉则是上等的补药。

海椰子和黑鹦鹉姊妹酒店被普拉兰岛的一片私人山林和海滩环抱着。这是很有特色的四星级家族酒店，深为欧洲情侣和家庭游客们所喜爱。拥有12间小套房的黑鹦鹉酒店盘踞在山崖上，可以俯瞰海湾里的拥有40间标准客房的海椰子酒店。

站岗的男人穿裙子

初来斐济，仿佛置身于童话般的森林世界，椰子树、木瓜树、芒果树、面包果树到处都是，各种果实举手可得，水灵鲜亮。

这个岛上的人更是有趣，先不说那各种娱乐项目，只要站在街头上，看看那来来往往的人，就觉得此行必有收获。

人人都爱戴朵花，不分男女，这是显而易见的发现。女人把木槿花插在头发里，男人则把花别在耳朵上。戴花的起因不清楚，含义却是身份的标识。通常，把花戴在左边表示未婚，而戴在两边，则表明已婚。红花就是扶桑花，也称为木槿花，是斐济的国花，据说每年的8月中旬，当地人都要举行为期一周的热闹红花节，节日期间的岛民们彻底地浸泡在欢乐的海洋中。我一直想着找个机会能赶上这个时段再踏上海岛，融进盛大的化妆游行队伍里，赏阅选举红花皇后的开心过程。不过，现在看着眼前一个个壮硕的身躯上，穿戴着大花布衣衫的人们都喜庆地插着一朵红红蓝蓝，还有奶白以及鹅黄、紫粉色的五瓣花，就已经满心喜悦了。

其实，最搞怪的还是男人们穿着裙子。斐济人的服饰别具特色，首都苏瓦的大街上和各个海岛酒店的海滩上，身穿大花衬衣和齐膝毛料裙子的男人随时都会晃进眼眶。他们习惯上身赤裸，露出拳击手般强健而有力的肌肉，下身围着纯白色的“solo”裙子。在当地，这种裙子算是男人的家居服。想象一下，黝黑瓦亮的肌肤，头戴鲜艳的花朵，白色的裹身裙子，一幅幅毋庸置疑的流动画片。

最出乎意料的还不是这些。苏瓦岛上，还可以看到令人匪疑所思的景象，高大威猛的男警察们站在大街上也穿着solo指挥交通，酷！仔细再看，那种裙子也不是寻常的衣装，裙边都无一例外地剪成了三角形，充满了南太平洋岛国的原始美感。有趣的是，这里男人和女人的习惯概念是拧的，男警察穿着裙子，女警察们却穿着裤装，远远没有男警察们来得“妩媚”，招惹注意力。

19世纪，这里已经不再是探险家和航海家的专利。商人、卫理公会教徒、传教士以及潜逃的澳大利亚囚犯等瞄向这个隐蔽而天堂般的角落，纷纷到此定居，斐济一度有过混乱的时期。酋长卡考鲍控制了斐济大部分地区，结束了各种各样的部族冲突。他在邻国汤加国王图普一世的帮助下，一度赢得了斐济的和平。从1871年起，在斐济的第一大岛维提岛上，十字路口的交通警察，上身穿着短袖黑色警服、腰挎皮带、下身穿着雪白的裙子、脚穿黑色凉鞋、双手戴

着长长的白手套执行任务。这种状况在1874年10月10日发生变化，这一天，斐济沦为英国的领地，此后一直是英国的殖民地，直到1970年10月10日才转换命运，成为英联邦中的一个独立国家。

别处的警察管人，斐济的警察还兼带看管动物。因为人口稀少，气候长年似夏，牧草丰富，乡村居民几乎家家养牛羊。这些牛羊不是圈在院子里，而是长年累月地放养，无人管理，经常出没在公路上，管好牛羊就成为警察的一项特殊任务。戴花、穿裙子等奇怪的另类行为，已经让我充分感受到这里的别致风情了，而飘扬在四周的原著人高亢的歌声，则完全体现了岛国悠闲逍遥的情调。岛上至今依然保有许多传统习俗，将深海中的鱼群呼唤到浅海，以利捕捉的神奇颂唱仪式；传统的走火仪式等，昭示着这里的隐秘。我仿佛听到了斐济那些至今仍未消逝的神秘召唤。

在黑色的光辉里欢喜

“那是斜拉大桥，津巴布韦人最为自豪的建筑！”

“我们走过去”，几个人扔下几个字就跑掉了。我赶紧跟了上去，不过，我没有尾随在他们的屁股后面，而是偏离了45度角，跑到了河边的侧岸上，站在岸边的枯草和碎石块中。举起相机，转换着角度拍摄着目标，进而又赶上了一列有着长方形车体的长途车驶过……

我自鸣得意地走上了桥头，对着桥头堡上已经乌黑模糊的建造者碑记仔细辨认。旁边坐着的几个当地人看看我，然后咧开他们那厚厚的嘴唇笑着，那白色的、贝壳样的牙齿，让我愉悦。正午时光，太阳的光芒越发火热起来，透过桥梁的缝隙，直直地射过来，面对骄阳，没有遮拦亦无处躲藏。

我硬着头皮开始从这头向那头走去，还好，不断有当地人在桥上经过，几乎每个人的出现都让我有了想打招呼和拍摄的冲动，弥补了不少艳阳对我照射的损害。推车子的中年男子、打伞的小伙子、头顶包袱的妇女、拎着鸡蛋篮子的男孩、悠闲的年轻人……他们的穿着很旧而且破露，但是洗得干净且颜色鲜艳……我喜欢捕捉他们那丰富而流动的身影，好像也习惯了面对镜头的拍摄，他们并不反感，漠然而带着几分腼腆和羞涩的神态，定格在我的画面上时，忽然感到自己对津巴布韦普通民众越发地喜爱。

一对情侣相拥着走过桥面，那种自然而甜蜜的感觉让我想记录在案。小伙子非常大方，而他的女友则明显有些不好意思。呵呵，我们一脚桥上一脚桥下地互望着有1分多钟，然后都情不自

禁地大笑起来。我带着拍摄下来的满足继续桥上之旅，不时地透过桥梁的缝隙望向天宇。那天，高而深远，淡淡的蓝，如棉絮般的白，丝丝荦荦着，洋洋洒洒着，随意地在天幕上摇摆……我也不时地停下脚步，站在桥栏杆上向两处的河面以及延伸的河岸察看，那一侧的荒凉和另一侧的绿意葱茏，正好是津巴布韦旱季表征的两个极端。水面不窄，河床感觉不深，河流平缓，一切都是那样安详和谐。

在这遥远的非洲古国，我忽然萌生了一种发自心底的顺畅。

“哈哈哈，看这里”，一阵阵的喊叫声，夹杂着哄笑声此起彼伏。回头望去，20多米的桥底下，全是赤身裸体在水里泡着游玩的黑孩子，估计有二三十人的样子。他们可能谁也预想不到会在这个时候，在这个地方，遇到这些远道而来的异国人。黑亮而光滑的身体，泥鳅一般在艳阳的照射下奔放着自然野性的光芒，他们不断地东奔西跑接糖果的样子生龙活虎，一会儿拥挤在一起，一会儿又四散开去，巨大的搅动，激起一片片白色的浪花，活跃出一道真实无误的原始非洲的狂野一幕……

这段插曲太富戏剧性，也太有趣了，完全是一场没有导演的邂逅。当我不得不转身向早已等候在码头的车子时，那种从天而降的快乐还在嘴边荡漾……就在车子准备离开桥头堡时，一个十岁出头的小男孩晃着他那锃明瓦亮的大脑袋从桥桩子后面闪了出来，嗤嗤笑着向我们这边挥手致意。呵呵，刚刚收拢起来的热情又开始不听使唤地溜达出来，不由自主地向那个孩子走去的同时，也打开了镜头盖。当我专注地准备按下快门时，镜头里又进来一个大脑袋，我赶紧调整焦距，没想晃晃悠悠又进来

一个，我挪动脚步调整方位，这工夫又挤进来两个。呵呵，孩子们的举动惹得我不得不直起腰来张开嘴巴大笑……再看那些个毛毛头，不由分说地自动分成三三俩俩的几部分，仰脖、举手、抬腿、搭肩……眼神分明是跟着肢体的动作，如影随形地去了。

至今都在回想当初这好玩至极的场面，不过也更叹服着在非洲人身上的那种善于表现的欲望和天性，几乎每个人身上，都有一种无法遮掩的表现天赋，让我大开眼界的同时，又有无限的快意享受。

到蜜月天堂颈挂花环

在斐济岛上停留的第二天，我逛到一个类似教堂的地方。它背靠太平洋海岸线，坐拥在一片树木和飘散着栀子花香的空场上。一对欧洲新人正从那个很小却很特别的白色尖顶小房子里出来，他们手牵手，目光凝望着，无尽的甜蜜和满足。前面有纯真可爱的花童引路，那花童如天使的信者亲临人间，给海边的喜悦缀上了纯净透明的音符。

不知道他们在那里，在神父面前说了什么誓言，只觉得这种婚礼怎么那么纯净而又浪漫。新人的服装并不奢华昂贵，憨憨的先生只穿了白衬衫和沙滩凉鞋，女士一袭白色抹胸曳地晚礼服，幸福的笑容是最完美的装饰品。他们的身影向海边移动，清澈剔透的海水在他们的身边翻动起欢快的浪花，好像也为这远道而来的新人唱着祝福歌。

视线从恋人身上收回，又投向到周围。清凉的海风吹拂着高耸入云的椰林，发出轻微的唰唰声，热带树木浓绿成荫沾满了岛上的每一处角落。洁白的沙滩、海里奇形怪状的珊瑚礁、色彩斑斓的鱼儿将海水搅得五彩缤纷，到处充满热带海洋的原始美感。水面上不时有小型飞机掠过，瞬间击破海面上的蓝色宁静。也尝试着徒手在海里抓鱼，以前就听说过这样的情节，还以为是摸不着边际的幻想。

其实，那些披着五颜六色华服的海底精灵正在游泳者的身边游弋，不慌不忙的样子，可能还以为是它们的同类而放松了警惕。虽然身在其境，还是感觉到有些虚幻和缥缈，遇到人时想说，想想还是语言匮乏。不如你自己亲自跑一趟，或者对着我的文图浮想联翩吧。

“天堂就是这个样子吗？”我自言自语着。“是，就是的”，我回应着。

332个岛屿组成斐济，号称南太平洋的“十字路口”，只有106个岛有人居住，大部分还是珊瑚礁环绕的火山岛。180度经线恰好贯穿其中，使这里成为世界上最东也是最西的国家。

景色绮丽而人口稀少，得天独厚的味道，斐济由此成为欧美名流人士度假的心头爱。当地人告诉我，这里的许多小岛迷你地好玩，只有一个酒店，几间客房，而且通常只接待一个家庭，很有分时度假的理念。据说比尔·盖茨、福布斯家族等人都在斐济拥有自己的小岛，难得这里既悠闲轻松又

可以躲开满世界遍布的疯狂的狗仔队。

比尔·盖茨、金·凯利等，都曾选择在这里举办传统式斐济婚礼。小甜甜布兰妮也选择在这里和夫婿颈挂花环度过甜蜜的新婚生活。说不定下一个时段再去斐济，很有可能在白色细腻的沙滩上与某个世界名人碰个正着。早就听说这里有蜜月婚礼天堂的称谓，不过，之前还不知道，斐济当地有专门机构，可以向游客提供系统完善的婚礼服务，其基本的法律程序和仪式过程相同：新人连同证婚的神父到移民局辖下的婚姻注册处，经注册官核实证件和简单问话后，领取“结婚许可证”。在指定的时限内，神父为这对新人举行婚礼并签发结婚证。

有趣的是，酒店里可以没有电视机但不能没有高尔夫球场，即使是很小的岛上都会有高尔夫球的练习场。看到街上那些扛着高球用具、帐篷和整箱啤酒的高鼻子、蓝眼睛游客，就知道这里有什么东西吸引人了。因为这里是从事各项水上与生态活动的最佳去处，所以在当地我算是尽情地从事了潜水、越野探险、竹筏泛舟、小火车绕岛、游艇巡弋等活动。而晚上，最诗意的就是在星空下，爬上椰子树观赏那些具有南太平洋原驻民文化特色的活动，融进那些皮肤泛着油光黑亮、头戴羽毛的土著人的世界中去……

描绘岛屿最贴切的词汇就是“天堂般美丽”，塔妙妮岛(Taveun Levu)成就了好莱坞名片《蓝色珊瑚礁》。其实，不论大小，每个岛都是梦境和童话交互的诗篇。离南帝国际机场不远的码头是个中转站，每天都有好多班航船开赴各个小岛。出航的船只犹如诺亚方舟，把人们载向不同的甜蜜地。甲板上常有身材火辣和妖娆的帅哥美女现身，让那无尽的天海相连的蓝，有了跳出背景屏幕的跃然。最惊愕那船头一转，一个又一个小岛从天而降，连同一片片洁白和一簇簇浓烈的碧绿。

我经常陷入恍惚中，实在是分不清身处在哪一种地界，满目树影婆娑，白色的岩石突兀，皮肤黝黑的岛民吉他弹奏其上，是到了好莱坞电影拍摄的现场，还是现实本是这样。“啊，哇……”我禁不住要赞美、惊叹，惹得开船老大哈哈大笑……

离陆地最近的南海岛(South sea lsland)大约长200米，宽100米，每天只接待二十人左右，很有一种尊贵感。岛上的烧烤大餐是免费的，喝可口可乐不算品质，玩累了到椰子树下大吃特吃那才叫神仙。沙滩上除了散落着帆板、小划船，就是游泳和晒太阳的美人坯子。无论帅哥还是美女，那种与生俱来的曲线美都以海岛景致为背景美轮美奂，都市

里费力搭建起来的T形台与之相比显得多么乏味。

首都苏瓦在另一个岛上。从南帝到苏瓦有条相当美丽的海岸公路叫珊瑚海岸(Coral Cost)，大概有八十多公里的样子。车窗外不时掠过高耸林立着的豪华酒店，据说这些都是斐济最好的五星级饭店。而我更着迷那环绕周围的水清沙细的金色海滩、夺目缤纷的珊瑚礁和看上去近似原始的村庄以及当地欢快的儿童们。偶有驾车的金发女郎飞鸟般倏然掠过，那份潇洒似乎正在像电影《007》里的邦德女郎靠近……

“BULA”，见面认不认识都要说这句，而面带微笑地点头或挥手回之“BULA”就可以了，耳畔不时传进导游的嘱咐。村庄是这片岛屿最基本的组织形式，在斐济村庄里，规矩要遵守，风俗独特且神秘。进入部落时禁忌就更多了些：女性不能穿短裤、迷你裙、无袖上衣；不能戴帽子、太阳眼镜，也不能摸小孩子的头，只有村长才有戴帽子的特权；而拜访时一定要先向部落长老拜会，当然要由当地导游带领。

摸别人的头，是对他最大的羞辱，若在100多年前，还可能引来杀身之祸。1867年，一名英国传教士因从一位当地酋长的头上拿下一把梳子，被愤怒的土人活活砍杀并且煮食。现在，斐济人已完全跨入现代文明，但是不摸别人头的习俗还是保留了下来。

我在小镇易货忙

津巴布韦维多利亚小镇西边有个跳蚤市场，经营者100%是黑人，面积不小，天天开放。来非洲前，我听说黑人心灵手巧，随便一块不起眼的木头或者石头，一根草绳或者一块布，在他们的雕琢摆弄下就成了一件可以升值、具有观赏和使用价值的艺术品，很多家庭就是靠着售卖这些手工艺品来维持日常生活。

中午，我跟隔壁的丹娜说想去那里转转。这个黑女人正手抓玉米糊糊往嘴里塞（当地人叫Saza，一种主食，用白玉米面熬成的糨粥，浇上肉和蔬菜调成的浓汁），说吃完就陪我过去。她提醒我带上那些从中国捎来的小零碎，说是可以换东西，特别是我原打算带着应急用的几包方便面。我将信将疑，这东西也能换？

市场距离我住的地方大约200多米，一路东张西望地走了过去。很多黑人没有像样的职业，但不代表没有文化。政府给人民提供基本的受教育机会，扫盲率几乎99%。

市场内分了不同的摊位区，眼睛一时不知从何处看起。人像、动物的木雕和石雕最多，无论大小，横是横，竖是竖，俨然仪仗队般整齐。绘着斑马样纹路的木碗有圆的、长方的，深的、浅的，首饰、瓦罐、草编……一应俱全的用品铺排了一地。让我惊讶的是，市场挤挤插插的人满为患，环境居然洁净得出奇，甚至见不到纸屑、果皮、废弃物等垃圾……

那么多的看摊人规矩地守候在自己的位置上，这些人中兴许还有的是大学生。摊子与摊子之间的地界分割得很清楚，如果不是主动问询什么，摊主并不急于缠着你买东西。他们原地不动，一双大而黑亮的眼睛盯视着我的一举一动，然后才靠过来，根据我手里举着的物品，推荐同类。

一个长颈鹿木雕要20美元，我拿出在国内杀价一半的经验，给他10美元，卖主摇头，说15美元；我拨浪鼓似地摇头“No,No”,他添上一只犀牛；“我只要长颈鹿”，他终于同意10美元成交。拿人民币一换算，还是觉得不值，我赶紧摆手，转身离去。想象一定会招来一顿臭骂，居然没有反应，忍不住回头望，居然迎来那个摆摊者善意的笑容。这里有个不成文的规矩，每家的货物摆放不能超出界限，只能在自己的摊位上招揽生意，顾客离开自己的摊位，不能追赶，哪怕是1米。

类似的场面接连出现，弄得我很不好意思，差不离的赶紧付款买下。一边聊天的丹娜凑过来，“哎呀呀，你怎么不用东西换呢？”想起包里还有不少零碎，清凉油、丝巾、棉线袜子、糖果、榨菜……很容易就换成了一些喜欢的小木雕、小玩意。

“你把那个给我吧，我的孩子要吃饭……”眼皮下伸过来一个年轻母亲的手，紧紧攥住我那几包露出头的快餐面，还没来得及反应，她就塞给我一个手工编织的草兜子。因为粮食缺乏，当地人不得不回到最初的原始交换，以获取基本的生存需要。

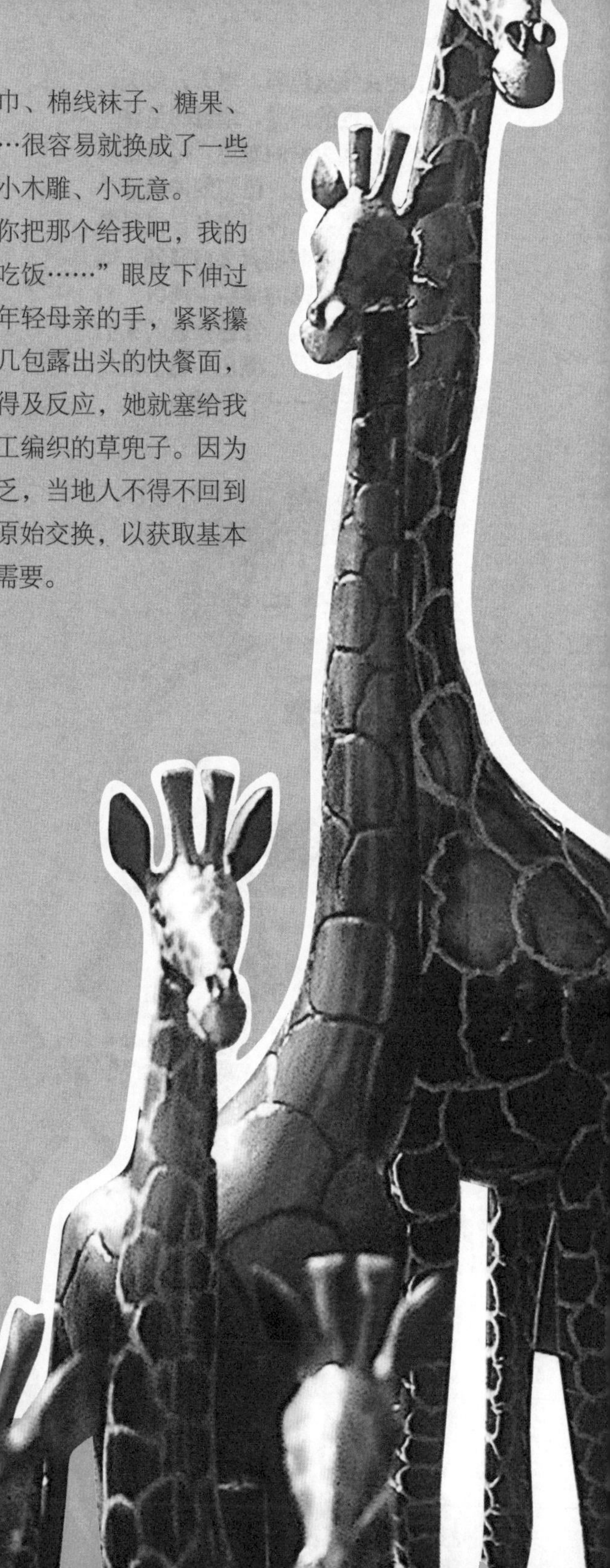

克里奥尔的色彩

塞舌尔是充满颜色的，黑人，蓝天，白云，金黄色的沙滩，翠绿的丛林。那会让人想起天堂的颜色，尽管谁都没见过。走在街上，色彩的冲撞感扑面而来。这里的人种相当多，经过多代混血，可能同时拥有来自非洲、欧洲、亚洲三个大陆的血统。所以，看到白、黑、棕、黄、红色皮肤的人们并不奇怪，不管什么颜色，他们还是通称为一个民族——克里奥尔。

克里奥尔一词的原意是“混合”，泛指世界上那些由葡萄牙语、英语、法语以及非洲语言混合并简化而生的语言。

清澈见底的海水，仿佛蓝色的水晶瓶般静静地呈现，美丽的热带鱼和珊瑚礁低头可见。正因为纯净，水在阳光下因为海的深浅不一而折射出斑斓多彩的蓝，而斑斓的色彩仿佛天使之作，随意流畅。处处都是美丽得想拥抱入怀的沙滩，螃蟹随便捞，海鱼随便打。

纯洁的色彩充斥视野，几乎不受污染的空气，难怪这里与马尔代夫、毛里求斯同被列为印度洋上的三大明珠，也是当今世上最纯净的地方之一。这里的沙滩之美已经不是常见的银色，而是引人无限遐想的粉色，如粉似泥的细腻柔软。

一直痴迷这里独有的、不经意的迷人元素，一种很原始的吸引力。从飞机着陆，到住宿途中，一路都是翠绿的山林和沿海的小路，著名电影《侏罗纪公园》里的原始景色，就是在这里拍摄的。群岛上的美女太多了，多得如盛放的五彩缤纷的花朵，

雷德蒙超市的女人

几乎个个穿三点，但身材妖娆得让人没邪念。

电影《007》的某集就是在这里取的外景地，其他好莱坞间谍侦探电影也常在此攫取灵感。伸入海中的栈桥至今尚在，当地人讲这正是情色电影《艾曼纽》(Emmanuelle)拍摄外景地时留下的遗迹。而丝绸般的海岸上，矗立着的巨大的侵蚀花岗石柱，就像雕刻家亨利·摩尔的白日梦里的情景。

Seychelles — Paradise
塞舌尔—地球上最后的

旅行是一件非常个人的事情，唯一的共同点，就是必须上路，必须到达想去的那个地方。至于通过什么方式，路上做了哪些事情，没有标准答案，也不应该有标准答案。

无法确信每个走上旅途的人都有丰硕的收获，也知道对好多人来说，不去什么地方也死不了。但可以确信的是，旅行者的人生会更完整，更无缺憾，更快乐！

原乡情致

越是在都市里辗转良久，越觉得返璞归真是一种奢侈，
有种感觉无法言说，瞬间爆发，
只要心里愉悦，
田园才是心头的萦绕。

“推开窗就是山”，人们形容贵州山多，常常这么说。山的后面往往躲藏着村庄，因为山的夹拢和阻隔，即便有公路连通，也依然保留着相对原始和拙朴的本性，朗德就是这样兼而有之。

万马归槽的苗寨

从贵州的雷山县城到朗德上寨只有15公里，距离州府凯里也不过就是27公里。可就像躲在深闺里的小家碧玉，朗德安享在“万马归槽”的山峦深处，固守田园，平淡如水，却也丰盈滋润。

清晨，高吭的雄鸡声在窗外此起彼伏，整个寨子已沉浸在一场雄鸡音乐会中了！远近交替、高低错落着，无须指挥、伴奏，亦没有观众，那些个头高大的公鸡站在自己得意的位置上，兀自仰天唱和，不受一点污染的清亮，没有一点干扰的自在，让人好生羡慕！

写着“奥运圣火传递起始地”的大石头，提示你到了奥运圣火传递的起始地！

如梦似幻的苗寨，浓缩在山峰夹拢处的一端，望丰河缠缠绕绕地从寨边和山脚下淙淙流过。水色碧绿澄明，仿佛绿宝石般晶莹剔透。

一条河把进寨的路分为两条，山路小道没有公路平坦，却也正好可以看到不寻常的景致。

苗岭山区，很容易见到铜鼓坪。新铜鼓坪在我们出发不久，就在护寨树的山坡下，一览无余。坪子很大，全用鹅卵石仿照铜鼓鼓面纹饰精心铺墁，形同一面巨大的铜鼓。三三两两的小学生从此经过，开阔的空间，常常成为孩子们逗留嬉耍的所在。

不规则的坝田很是吸引城里人的眼球。到处可以看到收割后的稻田地留下的干草色的遗迹，周围簇拥着新绿的草叶和没有次序开放的野花，圆

锥形的稻草垛突兀地伫立在田间地头，让人联想起丰收的喜悦。坝田的高处，往往是绿意葱茏的树木，树木的后面多半连着绵延不绝的林带……贵州独特的气候类型让这里不同植物的生长期在同一片地域下，呈现出不同的生长形态。

摇摇摆摆在田埂上穿行的样子勾起台湾校园民谣《乡间小路》般的诗情画意，只是没有暮归的老牛作伴。还好，挑着柴禾的老农从旁经过，不远处，小燕子擦着水面盘桓……没有稻田的坝里长满了绛红色的浮萍，肥厚得如同铺向坝塘的毛绒地毯。黑糊糊的小豆豆密密麻麻地在植物略为稀疏的水里游动，好久没有看到小蝌蚪的影子，不计其数，雀跃的如同5岁的孩童。散养的大鹅，蹒跚着脚步在河畔觅食，两大两小，一个小家。平坦的视线中冒出新搭建还未完工的全木质展示馆，陈列着纺车、碾子，以及环绕木房

四周苗族生活写真的木刻。放牛、摸鱼、耕田、织布、喝酒、喂养小孩……无限丰富的生活景象，补充一点民俗课着实不错。

朗德上寨多桥，120多户人家，竟然有45座桥。据说最长的一座板凳桥长达36米；最短的一座小木桥仅有0.4米，是世界上最短的“袖珍桥”。如果走山路进寨，必得先从这座蜿蜒的窄桥上经过……我燕子般在那桥上飞飞停停，四处瞭望，唯恐某个细节疏漏——挑担装石子的男子，洗衣冲菜的妇女……蓝天白云，澄明剔透，四周静得只有流水哗哗作响伴奏。

正是春日，萝卜花、油菜花摇曳多姿，意外发现的喜悦如同春风拂面。俯下身去，逗留花间，早已被花香和泥土的气息沉

醉！蝴蝶、蜻蜓以及蜜蜂在花丛中翩跹，轻盈的舞姿，很容易把情怀从人的心底深处搅动出来，还磨蹭什么，摁动快门吧！

直到最大的寨桥出现时，我的卖呆儿才宣告结束。在这里，殊不知也看到可以与侗寨花桥媲美的桥。木质的桥面上盖有长廊，廊的两侧安有9根“美人靠”，据说壮观的同时可供一两百人休息！细看，廊上的花牙子刻意做成了龙头形，形状如苗族女装上的刺绣游龙，没有忘记它的民族特性啊。据载，这桥建于清代，和苗族英雄杨大六关系密切。杨大六曾用此桥抗御清兵，当地人缅怀他，更喜欢称其为“御清桥”和“杨大六桥”。后来山洪暴发，桥被冲走，后人几度修复，不遗余力。

120多户，100%苗族，全寨人不是姓陈，就姓吴，建寨距今已有640多年。这么个偏远的小山寨，了解起来居然包罗万象。比方说朗德的寨门就有讲究，三座门楼较为玲珑，虽然造型各有不同，但都是木制结构，没有通常的门板，而且门椽上面皆盖着小青瓦。我经过时，不是年节，也没有和旅行团掺合在一起，所以无缘见到村民盛装出动、隆重厚礼迎来送往的场面。苗寨的拦路酒早已名不虚传，苗家人热情好客、浓浓情意都含在这自家酿的米酒中。寨门拦路酒装在牛角杯里，绝不能用手接。接了，意味着你没喝够，还能喝，再来一杯又一杯。

许多苗寨约定俗成，每当成帮结队的客人进寨，男人便早早从家里扛着莽筒、芦笙，一个个横排在寨门外的田坎上恭候，女人们则穿戴上华丽的盛装，叮叮当当地从石板路上聚拢过来翘首以盼。客人的车子一刹车，

寨门外的男人们就鼓气吹奏，山鸣谷应，迎寨仪式隆重开场。主人唱一首歌，客人喝一杯酒。那些手脚麻利的苗家姑娘和年轻的媳妇，猛然会塞到你嘴里一块肉，你错愕不已时，众人却是一阵欢笑。更搞笑的是主人朝客人脸上打酒印，如果你的胸前被挂上涂了粉红颜色的彩蛋，甚至挂上花带，那你的运气就太好了！

苗寨的屋檐下，鸟笼、渔网、捞兜、辣椒，还有黄灿灿的苞谷……越过“美人靠”的空隙，有的人家廊内放着纺车、织布机和缝纫机等物什，这一切都在无声地向外人昭示：这里是和谐的男耕女织的田园生活。

朗德人有很多自己的习俗，经常会让外地人感到新鲜。北京人养鸟为的是斗鸟，图个乐子；此地喂鸟，主要不是为了打架，而是用以鸣叫。朗德人对鸟的叫声欣赏到五体投地，以至于女孩一出世，便用鸟的羽毛在其身上抹一下，祝愿姑娘长大后跟鸟儿一样善于歌唱。寨子里大大小小86条道路全都是用鹅卵石铺砌……别处类似的地方被唤作“花街”，很有华彩的赞誉，难怪望丰河畔的石头都是大个头的了。

隐世村庄的狂欢

玉龙雪山西部丛岭中，有一个藏在深山高寒地带的村子文海。文海在纳西语中称为“嘎搞”，有“在高地的村子”的意思。村子隶属丽江县白沙乡，位于玉龙雪山南麓，海拔3180米，是著名的“茶马古道”的必经之路。

村子周围的森林里栖息、生长着许多动植物，其中包括麝鹿和白腹锦鸡，一般藏身在海拔较高的松树林里。但种类繁多的杜鹃花同样令人难忘，全世界850多种杜鹃花中有20多种可以在这里找到。晚春时节，漫山遍野开满了各种各样的杜鹃花，色彩鲜艳的团团花簇点缀在山野间。纳西人用木头建造房屋，屋顶上铺的是灰色瓦片，见不到任何破坏风景的、单调乏味的混凝土建筑，有的只是精雕细琢的扇扇大门，以及秋收时用来晾晒大麦的巨大木架。

我敢说，大部分到过丽江的人，肯定没到过文海，甚至连听都没听说过。确实，这个被群峰环抱的小山村，就是一个外人罕至的世外桃源。远望去，雪山高高耸立，俯瞰着绿意

盎然的玉米地和麦田。当地的纳西族人保留了母系氏族社会的一些传统，最不能忘怀的是他们对待陌生人的那种热情好客。这里最迷人的还是夜里，特别是从高楼大厦林立的城里到此地，更觉得那明月高挂得深不可测，无数的星星在湖中璀璨闪烁，月光、星光和波光组合成斑驳的光影世界，还有湖畔村落里传来的几声寥落的犬吠，几声暗夜里悠远的鸟鸣，构筑成一个缥缈朦胧而孤寂美丽的梦。

清晨清新之气荡漾在四周，玉龙雪峰近在眼前，峰头似乎伸手可触。晨光中的冰雪闪烁着晶莹的光芒，那些从遥远的国度来此过冬的候鸟在清冽的风中歌吟着，宛如一个个精灵掠过水面。向它们打招呼，和它们的晨歌一呼一应，久久地在湖面上飘荡。初春的日子，湖里的水逐渐地从湖泊南面一个神秘的落水洞中不知流泄何处，取而代之的是满湖的芳草野花，秋冬时的巨大绿宝石，转眼间变成了一个五颜六色的花海洋，那是公主和王子约会的地方。

撒欢儿似的追着光影奔跑，有些忘乎所以，跑掉耳环和戒指也没有知晓，等发现回头去找时，早已隐没在

草从泥土中看不见踪影。没有什么可以破坏我的畅快情绪，似乎回归到童年，失去正好重置。牦牛离我很近了，它们太多，洋洋洒洒的像是布了一个阵，我小心翼翼又胆战心惊地靠近这些庞然大物，生怕打搅了它们突然给我致命的一顶。凑近可爱的小牛犊，轻拂它的头，我想动物与人类只有真正地和谐相处，自然才会更美丽。

草地、牛羊、蓝天、碧水、阳光、空气……大自然是最富智慧的造物主，背负玉龙雪山，遐想无边，放弃一切俗世的烦扰，满是对未来生活的憧憬、期待，常有恍如隔世之感。很长时间，我什么都不想说，任何语言都是多余的，只是静静地、静静地感受才恰如其分。静坐，或者干脆仰卧，谛听心灵深处的回音。如果老去，也不会忘记这片草地、这群牛羊，带给我的久久挥之不去的、充满生机的情愫。

顺着勐勒大道，向西双版纳州歌舞团招待所方向而去。看着临街的各种店铺，你会感到分不清是在版纳，还是在其他城市的某一条商业街道，景洪已然是现代都市，唯一有别于其他城市的特征就是永远绿荫密布的夹道树。有趣的是，这些树也不乏果树，龙眼、椰子、芒果……但没有人在成熟的季节随手摘取，因为热带水果在这里司空见惯，便宜得让人大跌眼镜。站在曼听公园正大门时才知道，这个公园的前身是傣王御花园，

到曼听做一回“时间窃贼”

西双版纳没有明显的季节之分，澜沧江穿城而过，似一条剔透的玉带，飘拂过这块风情四溢的乐土。江南是景洪的城市中心区，江北则为新兴工业区，澜沧江大桥贯穿南北，成为了一个多元化的新兴城市。

至今已有1300多年的历史，原来叫曼听，后来改叫春欢公园，在傣语里，“春欢”意味“灵魂之园”。

正是上午，人影寂寥，所有的演出、泼水、摊货、民族食品售卖都在下午3点以后开始。我倒不失望，最盛大拙朴原始的地方都去过，这些倒激发不出我的兴致，我更乐意一个人静静地穿行在南部那片天然的森林中，让热带植物覆盖我日益渴望绿色汁液浸润的皮肤。

经过凉亭，把汗湿的手伸进干净的水里洗净，比出现一个水龙头随意使用都感到舒爽。云南的民族性和多样性，满足着我一定的好奇心和观察欲，让我的天性得以发挥。

笔直、光滑的树干遥指天空，青色的槟榔一簇簇结在高处，浓密的树冠纵横交错，在空中织成一个绿色冠盖，宛如天然凉棚。我觅到一个秋千，坐到上面，走累的双脚搭上去，仰头看向天空，然后沉静下去……

阳光透过缝隙穿透过来，折射着树叶、树干的影子，斑驳陆离，把完整切成碎片，却是碎得璀璨。

黑心树林离得不远，有100多亩，藤攀葛绕，古老恒久。黑心树是铁刀木的俗名，顾名思义，用刀砍、用锯拉也很不易。保护区居民主要用做烧火的薪材，实在是浪费了林木资源。它髓心坚实耐腐，喜欢温暖湿润肥沃的土壤和光热，不受白蚁及虫蛀危害，经久耐用，是建筑、高级家具和美术工艺不可忽略的材料。

孔雀园后是茶园，跨越放生湖的溜索，溜索台下是一片碧波荡漾，两岸青草茵茵，繁花盛开，纺车、碾盘、吊脚楼实物微型景观散落地上，就像人类早期兀自遗留的痕迹。溜索前的放生湖，是东南亚最大的放生湖之一。傍晚，托一个水灯放下，目送着远去……生命不息，万事万物只是一个轮回，熄灭、重生，浮世万千。然后，退回到古旧的木轮车上，望着满眼的碧绿如洗卖呆儿，和唯一经过的一个路人说话。

宁静的、碧蓝如洗的天空下，享纳着自然的赐福，再次换上那件亮黄色傣服，在热带雨林绿色浓荫的氛围下，宛若一朵盛开的芭蕉花。彼时如果有爱，那该是一幕人间戏剧的甜蜜序曲……舒缓与哲思，以自然之礼，给灵魂一个回旋的余地，“春欢”这个名字，其实再贴切不过了。

下吊桥，去白塔的坡路上，买下缅甸佤族雪茄、版纳风情的棉布连体裙。红和蓝，不知是留给自己还是留做他用。

此处离洼跋洁总佛寺只有数米之遥。这是众佛寺之首，是版纳佛教徒的朝圣中心，过去是版纳地区最高统治者召集各片头领和土司拜佛的圣地，是等级最高的佛寺。穿过古董小街，先是红墙金边的缅式建筑八角楼，规模和气势无可比拟。寺里一片安静，游人在附近流连，也有进寺里参观贝叶文化、参与进香、拜佛、抽签、拴线……一派浓郁的南传上座部佛教文化氛围。大殿的门敞开着，能够感觉到里面的深，僧舍分布旁侧，门廊青龙俯卧，后院可以看到莲花极顶佛亭，不远处佛学院教学楼飘来琅琅的诵经声……

光秃秃的树干伸展成一个球形圆冠，北方难见的树种，因为秃的利落，倒自成一景。双手合拢，放于胸前，默默祈祷。身后是一尊金色的佛像，尖顶部的风标发出轻微的声响，晕眩在一片光晕中。走出花卉园时又停下，门口看到大个的甜酸角，堆满了大大的蒲筐，比在昆明的又好又便宜，买下半个塑料袋，然后又称了两个金灿灿的芒果。

对，还有烧烤，西双版纳的烧烤。香茅草烤鱼、苦笋、茄子……一一端了上来，那些用香茅草捆绑紧紧的鸡肉、猪手、排骨、鱿鱼、肥肠、干肠……更是香得诱人，“再加一份紫米饼吧”，我说。

该“逃逸”时就“逃逸”，不妨做一回“时间窃贼”。

密林深处的"蚩尤部落"

从江县位于贵州黔东南苗族侗族自治州东南角，珠江的支流都柳江自西向东流过，两岸青山夹江对峙，从江就建在山与水的间隙，形成狭长而起伏的城区。半个世纪以前，国道尚未修通，都柳江是贵州高原通往两广最便捷的路径，江面上放木材的排筏一年四季川流不息，都柳江不但曾是交通要道，还是民族大迁徙的走廊。

岜沙距离从江县城7公里，在抬头就能望见山寨里侗族建筑标志鼓楼的视线里，显得十分突兀，这是一个纯粹的苗族部落，通常被冠以"最后的一个枪手部落"。有学者推测，秦汉时期，苗族先民在朝廷的屡屡征剿下被迫辗转西迁，一部分人南下广西，继而沿都柳江进入月亮山麓定居，岜沙苗族很有可能源于其中一支。

岜沙是侗语地名，苗语称做"分送"，译成汉语又变成了"草木繁盛的地方"。由

于受季风影响，冷暖气流交汇频繁，年降水量充足，5~10月更是雨水丰沛。这里原始森林密布，郁郁葱葱，起到天然屏障作用，层层环绕又分割成五个自然山寨。

一片片干栏式吊脚木楼依山而建，高低错落，连成绵延无尽的田园景色。山寨周边洋溢着田园叠翠，水坝于上纵横，竹林摇曳，采摘的妇女在羊肠小道上偶尔闪现，牧童借着落日的余晖赶着牛儿回返……金秋时节，挂满稻菽的禾晾与青山交相辉映，有一种旷达不羁、气度神圣的优美。古诗云：林光千里碧万重，花心沁骨春颜红。

直到今天，这里还是和“净土”、“神秘”、“原始”之类的词语形影相随。虽与县城咫尺之隔，却俨然另外一个世界。在这四周“水流曲曲树重重，树里春山一两峰。茅屋深藏人不见，

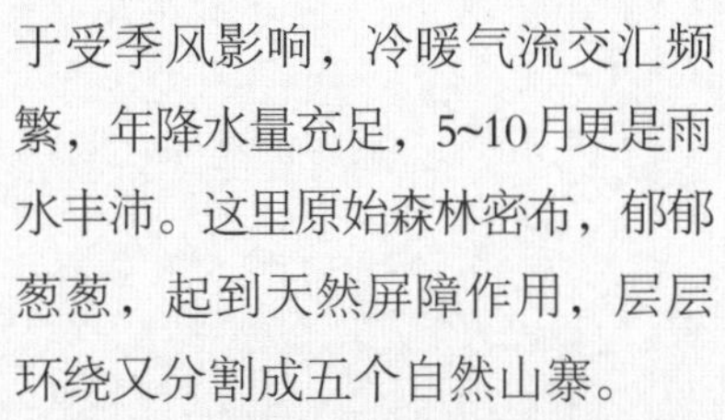

数声鸡鸣夕阳中。”有人将这里称为触摸苗族原生态文化的“活化石”和“博物馆”。

岜沙注定不能拒绝外界的关注。当“岜沙”被外界形容为海市蜃楼时，密林深处的岜沙人正一如既往地沿着祖先的足迹踟躇而行。大寨、宰戈新寨，因为受旅游开发影响，露出些微商业化气息，拍照、表演都以付费为前提，倒是居住环境和生活方式依然如故。宰庄、王家寨和大榕坡新寨的深处，因为没有受到外界丝毫的浸润，还是一幅拙朴的千年传承下来的生活图画。

岜沙人的装扮一直让我好奇，与祖辈别无二致，保持已有一两千年。男子身着土法染制的黑色高腰衣，黑色直筒大裤脚，走起路来携风带气。他们的发型和剃头方式更属异类。男子，头部四周剃得精光，头顶却高高地挽着一个发髻，个个肩上扛着火枪，腰间别着砍刀、挂着鱼篓，一身古代武士装束。女子，则身穿大襟衣、百褶裙，扎着彩条绑腿，走起路来婀娜多姿。几个妇女从高处踩着石板台阶向竹林深处走来，俯下身体，迅速调整焦距，起伏的身姿以及她们的面容一一被连续记录下来。从下而上的仰视，让这组画面有了叙事和次序的结构，回放时，我惊喜地发现，这偶然撞进来的画面不啻于一场T型台上的走秀表演。

因为林深木厚，岜沙到处郁郁葱葱，感觉空气里总是弥漫着淡淡的树香。寨前寨后都是遮天蔽日的千年古树，风吹过时卷起阵阵松涛。黔东南的许多苗寨都有一片不得随意砍伐的“保寨林”，而树在岜沙不但备受呵护，甚至还被崇拜和祭祀。据说岜沙人生小孩、办葬礼，都和树建立起紧密关系。死后不造坟、不立碑，每逢此时，家里人都要在下葬的地点种一棵树。那些参天古树说明，岜沙人的祖先很早以前就居住在这里。显而易见，每棵树下也都有一个岜沙人的灵魂。也正因为保护树木，后来竟被写进民约：村民盗伐林木除了退回赃物外，还要处罚120斤米、120斤酒、120斤肉，请全寨的人食用。对树的

草标，家里生了孩子

崇拜已渗入每一个生活细节。假如遇有人畜不安、生活不顺或天灾人祸都要到寨头大树下烧香祈祷。把树木当神祭拜，保护树木因此也成为习俗。这个传统经年累月，世代沿袭，当地的森林得以永远茂密葱翠，不会凋败荒凉，完整地保持至今，堪称伟大的奇迹。

烧柴怎么办呢？岜沙允许在附近的树林里砍柴，除了自己留用，也在每个周末的赶场天挑到县城卖掉以补贴家用。赶场每次只能挑一担柴，并且必须徒步往返，目的是“保护生态环境”，更切实的原因是一担柴卖6块钱，而从江县城到岜沙单程车费是3块钱，如果坐车将一无所获。有一年，岜沙人砍倒村头一株直径1.2米的古香樟，运到北京用于建造毛主席纪念堂，随即，就在树址建造起一座八角亭以示纪念。

“镰刀剃头”是岜沙男子独特的成人礼，苗语称为“达给”。这里的

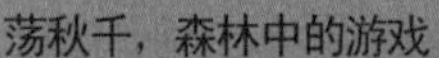
荡秋千，森林中的游戏

男孩从出生那天起，就不能随便洗头、梳头，更不能随便剃发、剪发，到十五六岁时用镰刀把一头长发统统剃去，只留下中央的一撮并梳成高高的发髻，也就是堪称岜沙部落标志的“户棍”发型。在村寨子的房前屋后、坝上沟里穿梭，总是会见到留着特别发型的孩子，目光清纯的样子，再点缀上那一头留着青白头皮的一绺，走起路来一踮一跷的劲儿，很是有趣。岜沙人暗红色的葫芦放有火药、铁砂，竹篓里是镰刀，竹篓的左边是柴刀，每个岜沙的成年男子都是如此，最简单的也少不了那柄柴刀。

至今，这里保留着稻田养鱼的传统，张五常认为这是最符合经济学的中国人的传统智慧，我倒觉得，那个鱼才叫是鱼呢，吃到嘴里有一种从未有过的鲜美味道搅扰味蕾。吃鲜节时荡秋千，荡时必须面对太阳。据说那时村子里将有40~50个秋千同时在荡。而9月至10月，收割后的水稻要挂在巨大的禾晾上，只能男人去挂，族规习俗还不止于此。岜沙共有420余户、2100多人，近一半都姓衮，此外还有王、贾等大姓，人数很少的易姓、蒋姓和刘姓是后来迁到岜沙的汉族，与苗族通婚而逐渐“变苗”的。

梯田是山峦间的美景，也是岜沙人的生存来源。蓄满水的梯田坝在夕阳下闪烁的迷人光芒很是壮观，但分配到各家各户最多也就三四亩，甚至两亩左右。几乎全都种水稻，一年的收成顶多自给自足，绝少有人卖米卖菜，其他收入主要靠栽在山上的椪柑。

岜沙人很淡薄，也很自信，态度从来都是不卑不亢的。到人家里看看，他们既不会太热情，也不会太冷漠。尽管旅游一再开发，新鲜事物在公路边接二连三地出现，但村寨里其实变化不大。他们依旧平静地看着外人蹑手蹑脚地闯入，略带羞涩地笑笑，和气地打下招呼，有时还会大方地邀请你到简陋的家中坐坐。男人们大都下田、守牛或上山砍柴，依然枪不离身，偶尔从丛林深处传来一两声短促沉闷的枪响，那是有人在打飞鸟。狩猎无疑曾是岜沙人代代

相传的生活方式，但现在，除了在老寨表演给游客观赏，枪手们几乎再无用武之地，而年轻人早就谋划着外出打工了。

平日里女人们三五成群地纺纱、织布、绣花或缝衣，男人们也会坐在家门口专注地编着笆篓，沉重的舂米声、啾啾的鸟鸣声……一切都写着纯净、自然。风平浪静的晌晴白日，浸入骨髓的清凉舒爽；风雨交加的时候，但闻松涛阵阵。如果人间把“世外桃源”、“人间仙境”视做最好的词汇赞颂心灵栖息之地，那么这里是无可挑剔的。这里一直讳莫如深。据说20世纪90年代末，一些民俗学者和摄影家率先将岜沙介绍给外界，才招徕后面的观光客和猎奇者。**但是，在密林深处，苗民不为所扰，亦不为所动，安守着祖先留传的一切，依然故我。**

藏地神泉天生桥

平整的空地上，越野车来了一个漂亮的180度转弯后戛然而止。雪后的香格里拉，仿佛水洗过一般，愈加明朗清透，层次分明。远处，与天际相连的雪山巍然伫立。

同车的老外们径直朝着峡谷深处的入口处走去。有形有致的玛尼堆出现，无声却在告诉人们，属于这个地方的信仰。 附近有身着藏袍的女人在走动，3个不大的孩子举着弄脏了的小手向我挥着。“嘿，你们好！”朝着他们的方向，我大声地喊，一个撒腿向妇女跑去，另两个钻进门里，然后探出小脑袋瓜，扮起鬼脸……呵呵！走到通往谷底的入口处，忍不住“哇”了一声！景致奇特壮观，真是别有洞天。原来已进入天生桥地热生态公园腹地，还不知道呢？同行的荷兰人顺着仅1米宽的石阶麻利地下到谷底。他们不是第一次来这里，之后的麻利、轻车熟路，可以说明这点。

海拔3300米，估计99%的人没见过这么齐整的天然形成的石灰拱桥，这可是“三江并流”（怒江、澜沧江、金沙江）世界自然遗产的热点景区之一。“药师傅！”我在

半山处的石阶上看到了那个木制的黄牌子，疑惑这里是个医院？穿过一座小桥，环顾上下左右，这才把温泉的四周、目力所及的整个环境看个明白，哪是一句“风景秀丽”即可概括，分明是奇、秀、险、幽……相汇集。而那不知来自何处又流向何方的碧绿碧绿的地热泉水，居然有无数奇特的医疗养生保健功效，难怪管理这里的主人，给它起了一个“药师傅”的名字，而它早已经以“高原第一汤”的美名远扬……

除我之外的所有人都在更衣入水，而我却望着那一个一个用石料修葺的漂亮的小房子猜想？两个身材壮硕的中年女人从一个写着梅萨浴池的小门里出来，扎在腰部的彩条围裙以及把细辫子盘在脑门上的装束表明着她们的身份。当地藏族人有个习俗，凡是本族人来此地泡温泉皆不花钱，但是不知道他们在此地沿硕都岗漂流探险是否也免单？

要添加游泳衣，否则只能望着一池碧水岸上兴叹。碧绿的泉水弥漫在周围，试探着把身体沉入水底，脚着地时，水面几乎到达嘴边，这水深起码有1.60米，“是不是都一样

深呢？”喘着粗气向岸上的人问，实在是担心，在哪个地方陷下去，我来不及反应就被卷到洞里去？恐怖！！“放心吧，都是一样深，你去的是温泉游泳池……”

放下心来，开始划水，把头扎进水里……滑腻腻的液体从头到脚，有醍醐灌顶的舒适，相当解乏。靠着石壁，打量前方那座自然形成的石灰岩桥，想象着造物主真是鬼斧神工，竟然如人工建造一般不留痕迹又历历在目。它形成于万仞高山之下，硕都岗河穿桥而过，岩壁上坑坑洼洼，满布蜂窝状洞穴。后来据当地人介绍，那里常年栖居着岩鸽、红嘴鸦等高原禽类。

这些还不足为奇。奇的是这里的崖壁上有清乾隆年间山西巡抚张秉彝赞颂天生桥摩崖的手迹；有在岩壁上天然显现的六字箴言、罗汉图像、观音现身等神秘莫测的地质奇观；有莲花生大师在此施法斩魔除妖、普济众生、解除灾难的遗迹；更有木天王将无数财宝埋藏于此至今无人揭秘的诱人传说……

天生桥还有一个当地人熟知的名字——藏名“让迥独左”，其意就是天然形成的石桥。初入中甸，很多人并不知道这个路上还隐藏着一个绝密的世外桃源，近来，因为“三江并流”世界自然遗产的缘故，才开始渐渐被人关注，不早不晚，我来的正是时候。

两个荷兰男生先后爬上岸，白皙而富有弹性的皮肤上挂满了水珠，在高原阳光的照射下，泛着晶莹剔透的光泽……两个荷兰女子倒是不慌不忙，轻拂泉水悠悠自在，头发湿漉漉地贴在一起，轮廓清晰的面孔更加突兀出来：高高的鼻梁，深陷的眼窝，紧致的脸庞，棱角分明，侧面看去，如大理石般明皙、挺拔……

乳泉、喷泉、高僧浴池、梅萨浴池、热河、溶洞蒸气，这里是令人叹为观止的地热资源群；一线天、天外来石、香炉树、随缘道、

情侣树、金龟望月、避风坪、鳄鱼石、莲花生大师修行洞……峡谷风光千姿百态。两棵情侣树，远远看去，还真是惟妙惟肖。盘根相连，枝叶交错，一副卿卿我我哪管他人的样子，且又茂盛如伞，根粗叶壮，难怪它还寄托着藏族青年对爱情的美好希望。

两个荷兰女子湿漉漉地上岸，司机提醒我："老外非常守时，说几点出发，一分不差。""他们习惯按规章办事，包括承诺，而我们往往会给自己一些理由，人与人还是存在差别，不论国内国外。"

以最麻利的速度滑行上岸……追上已经快达峡谷入口处的同行者。回香格里拉的路上，司机师傅讲了情侣树的传说。那是一对苦苦相恋的藏族男女，因为不堪忍受包办婚姻的分离，两人相携，在一个大地还未睡醒的黎明，悄悄地逃往天生桥的密林深处，开始了他们在密林深处相亲相爱、相依为命的生命旅程……最后，两人化作两棵常青树。从此，藏区留下了逃婚的习俗，至今，时有藏族青年恋人，跑到这对情侣树下亲密约会，山盟海誓……

渐渐离开视线的天生桥，和中甸的每个神奇符号一样，在等待人们慢慢地打开。

我希望能再来，看到在蛟龙头部的巨石峰上，那只万年金龟伸出长长的脖子，昂首仰望皎月的美姿。在藏房中，听额吉老妈妈讲天地形成的故事，想象"日月同辉在山洞，金龟望月时无边，待得嫦娥期若至，玉兔金龟再续缘"的意境，人生岂能无欢？

还是留下遗憾，没有时间漂流。在中国最北边的县城，在这海拔很高的地方，硕都岗河漂流探险，味道应该是大不同的。花如海，草如甸，风吹草低见牛羊……因为这一切，充满着神奇、梦幻和期待，被誉为香巴拉的缩影，天堂的意味……"让迥独左"，因为天生，所以无双。

码头10号游船
12人
宁洛水码头09号游船
宁洛水码头27号游船

最美不过泸源崖

感觉这东西很微妙，不是你索要就会有，你想它就会来的。来了想不要都不行。晚上，热烈、粗狂的锅庄舞点燃了渐趋平淡的激情。

望着车外的湖景思绪飞扬，车子在疾驰中戛然而止，10米之外是经幡招展的玛尼堆。这里是泸沽湖的水源，还有美丽的传说。

很久以前，土司府里有个放牛娃，每天一大早出去，天黑了才回来，也不吃东西却长得白白胖胖。土司老爷很纳闷，却找不到答案。有一天早上，他偷偷地跟在放牛娃的身后想看个究竟。一路尾随到泸源涯，他惊讶不已。原来，石崖凹处是一个洞口，有一条大鱼堵在那里，放牛娃用刀一片片地割肉吃，每天如此。土司老爷恍然大悟，割了肉还能长，天底下还有这么神奇的事吗？！他想知道洞里的秘密，匆匆回到土司府叫人把洞口撬开，结果，一汪碧水如注喷出，一发不可收拾，迅速汪洋成一片水域。水面因地势而走，从高处看去，外形如曲颈葫芦，故名泸沽湖。因为生活在泸沽湖流域的摩梭人还一直沿袭着母系氏族社会的生活方式，现代人又名“东方女儿国”。

即使没有那个大鱼的传说，泸沽湖也是人间仙境。一阵清脆的笑闹声把我从遥远的神秘拽回现实，几个孩童正在崖边戏水、笑闹，天真的顽皮并未被脏

兮兮的样子掩盖，反倒是带着山区孩子特有的放松和真诚。

“过来，给我指一下路。”一个最调皮的先跑到我的跟前，呵呵，他还挂着两串鼻涕……男孩子又叫来另一个孩子，我们在泸源涯上的玛尼堆合影，身后是泸沽湖的神女峰。

狮子山是永宁人的叫法，因为从永宁坝子东望，它像一只卧狮，昂首前望，雄伟壮丽，故名狮子山。但是，因为当地摩梭人流行走婚，实行母系制，当地的山山水水，都打上了女性的烙印，最大的湖为母湖，最大的狮子山叫“干木”，“干”为山，“木”为女，合起来就是女山或女神山。干木山又称狐山，高3993米，由石灰岩构成，北部为火山岩，中间和西北均为洼地，即火山口，民间认为它象征女阴，故称女山。

传说远古时期，在泸沽湖畔有一个美丽的姑娘，聪明过人，心灵手巧。她降生7天就会说话，话音像鸟儿唱歌一样动听。生下3个月，就知道许多事情，一般大人都比不上。3岁时，已长得像仙女似的，泸沽湖周围无人不知，无人不晓。长到18岁，已经是当地的美女，所有见过她的小伙子都来讨好她、追求她，光送的礼物就能堆成山。但是姑娘就是不开口，小伙子们只能守在门外，穷追不舍。这个姑娘叫干木，她吃苦耐劳，据说一天能织100条腰带。在织布过

程中，她看到天上的云朵、日月、彩虹，麻布上就织出这些图案；她看到地上的鲜花、树木、飞禽走兽，也会用五彩线织在麻布上。她并不冷待小伙子们，凡是向她求爱者，都受到善待，并赠送一条腰带为信物。人间的爱情，也诱惑了天上的神灵，有一位天神也向姑娘求爱，掀起一阵旋风，把姑娘卷上了天空。湖边的居民却震怒了，都拥向大地，千呼百唤，天神害怕了，放回了姑娘。可是她没有回到人间，依附在干木山上，变成了女神。她骑着白马，左手捧莲花，右手持箭，乍看起来，是一个藏化的女神像，但却是摩梭女装束，守护着泸沽湖，这就是干木山女神。每年七月二十五日，人们还举行转山节，祭祀女神。

最早的干木女神应该是自然界留下的山，即后来所称的狮子山，随着民间传说的发展，逐渐把干木山人格化了，也就有了更加丰富多彩的魅力。

丽宁十八弯

远赴神湖的邀约

到丽江玩的人大多是冲丽江大研古城的别样情韵去的，如果时间紧张，这不失一个明智选择。但如果时间充裕，比方说有一周的时间，那么一定要计划一下自己的行程，赴一趟泸沽湖的约会。

很多年前就听说过泸沽湖，一直觉得它那么的遥远和神秘，可望而不可即，像天堂般的幽谷，令人充满无尽的遐想和希冀。但是，接近它并不轻松。

坐在彝族小伙子雷驾驶的依维柯车和天南地北来的十多个人准时出发，朝着宁蒗县方向一路开去。丽江古城距离泸沽湖205千米，大约1小时后，车子在一块空旷的山边刹车，正在人们犹疑中，小雷师傅告诉大家，下面是著名的丽宁十八弯，大家下去转转。刚刚还沉闷的车厢，顿时热闹起来，一个个开始探头探脑，车门口的忙着下车，有的奔路旁的卫生间，更多的人站在山边俯瞰深处呈大S形的弯道。弯道不是一个两个，是十多个，甚至更多。

因为在丽宁路段更为集中，从高处往下看更为壮观，俗称“丽宁十八弯”。附近有一条银色的水带，穿山而过，是一小段著名的金沙江，所有的人都被这种罕有的难得的风景吸引——天人合一的杰作。

重新返回座位时，眼睛好像是不够用了，脖子随着车头的方向变化而扭动，景色变换，心情却一点点开始紧张，为何？公路傍山修建，虽然平整，但是路面不宽，弯道频多，一侧是山地，另一侧则是万丈峡谷深渊。不怕一万就怕万一啊！眼睛无暇光顾其他，时不时地会瞄上一眼带着墨镜的司机，准备在他溜号时，提醒他注意。

穿山越岭，人坐在车里大气不敢喘，当然，如果假寐会少去不少担忧。小雷仿佛明白大家的心思，拧开音响，许巍的声音在空气中飘浮起来，涤荡、迷幻，那朵《蓝莲花》……

几个孩童脏兮兮地在路旁追逐戏耍，背着同样是脏兮兮的书包，在大太阳的照射下，在公路上跑跳。转过几个山脚，出现一个县城模样的地方，一个女游客问司机：“泸沽湖到了吧？”“早呢？这才进入宁蒗县，宁蒗县离泸沽湖还有130千米。”“天哪！这么远！”女游客的屁股刚刚抬起，听司机这么一说，又坐了回去，好像是有点泄气。车子驶入宁蒗彝族自治县城里面，车窗外很容易看到拖着长长的百褶裙子、头上扎着厚重包头的彝族妇女穿街而过，皮肤晒得黝黑黝黑的，服装的颜色鲜红或者深绿，十分醒目。她们大多背着筐，抱着娃娃，在桥上或者路旁做着小生意……除此之外，一切都和其他地区的县城没什么大的区别，看到的是一个往城市化转变的县镇。

看到一家饭馆开业时牌匾上的两句话，上书：放怀于山地外，得气在山水间，很契合对泸沽湖的感受。

终于到达永宁乡，在一个弯道处，我们眼睛一亮，啊，很远的前

金沙江

方，一片镜面似的水域在山峦和树影中呈现出来，蔚蓝、空寂，“看啊，那就是泸沽湖，没错。”所有人都兴奋了起来……

在一个可以纵览全湖景色的高地，再次被卸下车，呵呵，不约而同地奔湖上而去。一时间，高地上站满了人，左拍右照，唯恐失去机会。天气有点儿阴，云层遮住了太阳，可见度不是很透，影影绰绰的还是能看到湖面上分布的5个小岛，在宁静的湖面上伫立，像欲说还休的少女，等待人们登临问候。

湖面相当开阔，约有50平方千米，位于海拔2690米的位置上，空气清新、凉爽，忍不住对着湖面张开口就是一顿大吸，啊，跑到这么远的地方，不就是

贪恋这么一点天然大氧吧富裕的自然恩赐吗？几个老者很明显地感到缺氧，气喘吁吁。说真的，我很佩服他们的选择，佩服上了年纪的人，能够和年轻人一样，怀着一颗好奇和新鲜的愿望，长途跋涉到这个天堂般的地方。

泸沽湖里务比岛和伸入湖心的吐布半岛之间隔着一条窄窄的水带，从岸边乘船到这里要半个小时。岛一侧的水边有一簇簇嶙峋的石笋，是天然的停舟处。一条幽曲蜿蜒的小道通向岛顶，道旁有许多马樱花、杜鹃花树和野樱桃树，花季来这里是一片山花烂漫。

登上陡峭的石阶，仰头一望，四个金字映入眼目：为善最乐。咔

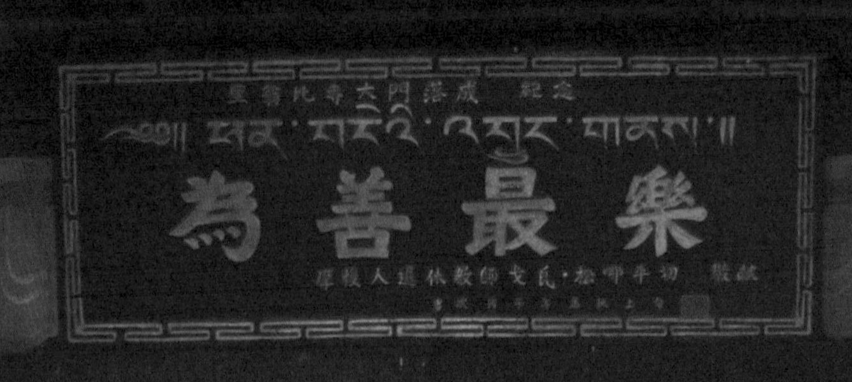

嚓就是一张，因为喜欢其中的含义。花树丛尽头是里务比寺，这是一个藏传佛教寺院，喇嘛会告诉你，转动一次转经筒等于念了一次六字真言，燃上一盏酥油灯等于拜了一次佛，绕寺三圈又如诵了一次经。

转过里务比寺就是岛顶，一座孤寂的白塔，有着藏传佛教舍利塔式样。不清楚是何历史背景？遂往周边看，一个刻有碑文的石碑，告诉这里是永宁和泸沽湖地区末代土司阿云山的墓塔。生前，他曾显赫一时，死后，归于宁静湖中。

另一个有名的岛叫谢娃峨岛，位于里务比岛的西北侧，土司阿云山曾在岛顶建造了土司别墅，精美绝伦。从那断梁残垣和文字记载中，寻觅和感悟到这里曾经的恢宏与显耀。这里曾有一个汉藏合璧的园林，也是一个四布水栅、难攻险要的王族行宫，起了很大的护卫作用。

美国著名学者洛克的名字成为我云南印象的一个关键符号，在这里我找到了他的踪迹。半个多世纪前，

洛克曾在泸沽湖这个岛上寄居多年，并著文赞美这个岛为“上帝创造的最后一块地方”。现在只剩下残砖断瓦，“文化大革命”让这里的建筑群毁尽。显赫的人和人造的辉煌消失了，远去了，眼前郁郁的树木却成了动物的欢乐园——蛇和野鸭的天堂。还好，因为没有肆意捕杀，只要来到岛边，就能发现蛇在岛边的水旁自由爬行，野鸭、水鸟成群栖息，戏水游玩。当地人说，春、夏季上岛，运气好，或许还能在小道上捡到野鸭蛋呢！

当地人现在把谢娃娥岛称为“蛇岛”，旧时王榭陈堂变成蛇和鸭的自然之园，在这个“上帝创造的最后一块地方”流连，你会产生一种世事沧桑的感觉……

依旧要离开，猪槽船向渡口驶去。湖面在西沉的太阳辐射下，显出波光粼粼的动感来，远处有水鸟在飞，对岸，青山如黛。

在《康定情歌》这部电视剧里，我第一次听到“锅庄”这个词，这晚我要当面见识锅庄舞，身临其境。摩梭人的锅庄舞节奏强劲，富有凝聚力，感染了四面八方涌来的游客。几场表演过去后，游客纷纷上场……最后混成一片。在乡下和摩梭人共舞，同在社交场所参加派对舞会，完全是不同的风格和味道。

生命终归有限，风景无边，能够享受是一份福气呢！

“金盆养鱼”之地

当旅人们纷纷前往驻足，喋喋不休地讲述着自己独特的体验和感受时，我依然要放大自己的想象力，把这里放映清楚，并且无可挑剔。

旅行地的第一印象对我来说再重要不过。这是一种很奇妙的情绪，当你身临其境，还未来得及看得更多，走得更远，那种诱人的、让人亢奋不停的因子就突然蹦了出来。很奇怪，当长途汽车把我从临夏载入夏河时起，略显疲惫和焦灼的心，倏然间，开始安静和轻松起来，那一个个让我兴奋和有记录欲望的东西，在四处静静地眨着眼睛，等待我的问询和关注。

我要轻轻地告诉你，如果你来夏河，就不要急急地走，找一个地方住下来，然后，慢慢地让你的细胞融进每一个宽恕；我要偷偷地告诉你，如果你来夏河，就不要匆匆地看，寻一个物件装在包里，然后，静静地让你的血液流淌每一个慈悲。

夏河，一片荡漾着别样情愫的异域风情，一个一生想去9次的地方。也许，进入甘南就是为了奔赴夏河；到了夏河就是进入拉卜楞寺。关于这个佛寺不单是我，恐怕很多人已经听说过，但那都是只鳞片爪，都是别人的视听，或许也就是走马观花的表象。在这个无限神秘和充满祥和的地方，每个人都应该有自己的亲历以及感受。不是赤裸裸地给这里做软文，实在是有想表达的欲望。

当东方出现鱼肚白，温暖的朝阳洒向大地，这个卧在一片风景如画的山谷中的一切，立即喷发出一片不可思议的耀眼光芒。白塔连着红墙，一座座庄严的古刹，鳞次栉比，气势宏伟；屋顶上的金顶、鎏金法轮金碧辉煌，金灿灿地映亮了周边；身穿袈裟沉默不语的僧侣，一个个在晨雾下的巷道上行走着，飘逸的棕红色的袈裟在白色的僧舍间起伏

着，仿佛踏着历史的烟霭，从遥远的彼岸走来，在拉卜楞寺静穆成一尊不朽的形象。

外围的经轮廊和嘛呢房把整个寺院环绕着、包裹着，像似一道地界，将两个截然不同的世态隔绝；出出进进的僧人和俗人在十字路口交会，擦肩而过，彼此用探询、好奇的眼神和心灵打探，似乎都想知道彼此的世界。浓墨重彩和清雅素淡相融的画幅，构成超凡脱俗的净土仙境，忽然就变得单纯、虔诚、清爽了起来。站在县城人民东路的大街上，面向两侧和拉卜楞寺的方向眺望，周边的气氛就开始不一样了，越往西走，那种飘着酥油和青稞炒面的味道就越加浓烈……或许只有这样，才不枉费旅行。

经过一个老僧人的指点，发现第一眼看拉卜楞寺这样才好。它坐落在夏河县城以西的大夏河之滨。寺院背靠凤岭，凤岭对面是座碧绿的山峰，叫龙山，山上满是挺拔高耸的松树，当地人又称其大林棵山。站在龙山向对面观看，拉卜楞寺的全貌一览无余。凤岭像一只张开翅膀欲飞的金凤，随时要向龙山飞来，而龙山又像一条悄悄盘卧等待时机腾空而起的蛟龙，要向凤岭跃去，两山遥相呼应。而山岭之间，大夏河水从脚下哗哗流淌着而过，冲击出一个半圆形的平滩，像似吉祥八宝里的法器右旋海螺，被藏族人称为扎西，意思就是“吉祥之地”，而在汉族眼里，这里就是龙凤呈祥的“金盆养鱼”之地。当然，这里更是拍摄拉卜楞寺全景的最好角度。

关于两山，还有一个美丽的传说。早在远古时代，这里曾是水天一色的茫茫大海，不久，因为地壳运动，海面下降，慢慢升出了山丘、岛屿……一天，一只很大的金凤突然从天外飞来，落到南面的一座山丘上。它伸出长长的颈，一口气吸干了海水。不料，一条蛟龙腾空而起，与凤凰搏斗在一起。在凤凰吸水拔嘴之处出现了旋涡，冒出了水柱，水量不断增大，加上上游的多个溪流，竟汇集成一条滔滔奔涌的大河，就是大夏河。历经数次争斗，龙凤势均力敌，不分上下，只好偃旗息鼓，分至大河的两岸休憩停戈，一停就是很多年。蛟龙变成了龙山，凤凰则化为凤岭，两相遥相对峙，似在怒目而视，又似在不断地暗中思量。只是如今平滩上的寺庙越加兴盛、热闹，每年都有很多场面盛大的法会召开和几十万人的纷至沓来，早已没有了它们争强好胜的舞台。

在这里，谁能阻止你奔腾不息、浮想联翩的思绪呢？面对一幅安详、宁静，无争无扰的空间，奢望时间凝滞，记忆留存。只有对人生入世与出世的重新认识，宗教与世俗的理解，面对历史的沉思和对未来的展望。观光这一切的辉煌，都是渴望已久的梦幻。

拉市海暴雨欲来

丽江是绕不过去的柔情和暧昧，束河也不再是躲在深巷里的酒香，那么还要去哪里安放我的脚步？从束河新城归来，坐在丽江古城一家客栈的庭院里和老板娘聊天，边聊边给她看相机里储存的新画面。她话语不多，偶尔说几个赞许的字。

“明天去哪里？”她问。有人建议我去丽江周边的拉市海，据说是一个还未彻底开发的生态旅游基地……

“不错”，老板娘指着墙上的一幅图画继续对我说，“你瞧，这就是拉市海，一块湿地。”她手指的方向，一张绿色为主的湿地地图挂在那里，鲜翠欲滴的绿，一下子就把我的热情撩拨起来。说真的，长到这么大，到了这个时候，华服美食已经很难让我动心，唯有来自自然的、人文的稀有物景，能让我垂青。

“可以骑自行车，或者徒步去吗？”“当然可以。只要你不怕辛苦就OK了。”走了很多地方，我大概对骑车和徒步悄悄地上瘾，不管到哪儿，动不动就动这方面的脑筋。嘿嘿，不知道我办公室里的朋友们，会不会嘲笑我老土，权且不管他们了。

“拉市”为古纳西语译名，“拉”为荒坝，“市”为新，意为新的荒坝。此地位于丽江古城西面7000米处，是去迪庆、

纳西族打鱼村孩子

虎跳峡、长江第一湾的必经之地，也是一个湿地自然保护区，高原湖泊水平如镜，水中玉龙雪山的倒影清晰可见。秋末冬初是最隆重盛大的日子，有数万只越冬候鸟在此汇集。阿丹驾驶着他的迷彩吉普车开向拉市坝子内，四十多分钟就到。阿丹想说的话，我想提的问题，就在这四十多分钟里继续。

“丽江和拉市海哪个好？”我问道。“这怎么比呢？就像苹果和香蕉，你说哪个更好？不好比的”，阿丹回应。和很多人的感受一样，近年的丽江更接近都市商业化，从真正旅游的角度讲，商业化也要有个性。多了，比较像小资集中的村落。拉市海从地理位置上讲最接近丽江，除了几处农家乐外，鲜有开发，还好，没有都市的元素闯进去，商业元素还是一片空白。

如果要充分地了解丽江，就不能错过拉市海。但是到拉市海也要去对地方——公路边的湖泊对岸才更漂亮。离湖边最近的那个村庄叫打鱼村，村子里所有的猪槽船都停泊在那里。阿丹的船最多，都是整根木头打造出来的，拖进水里被人看好就卖掉一个，他很自豪。我想象不出他的神农寨是个什么样子？他解释：用一种最简单的方式把生活表达出来……他说得轻松，我还是不懂他的意思，那就等我到了地方看了后再说吧。

车子接近目标。四周群山环抱，北面是玉龙雪山，拉市海流域内拥有丰富的自然资源和文化资源，人与自然关系和谐，是生态旅游的好地方。

走进纳西村寨，也就走进了流域中的村庄。先看到的就是纳西传统民居，这里居住着2万多纳西族和彝族村民，当地人还保留着传统音乐、舞蹈和建筑等。这里海拔2500米，是丽江县最大的湖泊，也是滇西北最重要的越冬水禽栖息地，有57种候鸟在此越冬，不乏黑颈鹤、天鹅、黑鹳等多种国家级保护动物。候鸟的主要食物是庄稼、鱼类和水生植物等。而拉市海呢？有7种鱼类和47种水生植物，包括国家3级保护植物海菜花。而环湖山区的周围，山川挺拔俊秀，多数山峰海拔在3000米以上。这些高山是动植物的天堂，山上不但有猛禽和野兽，还有许多珍贵药用植物和松茸等野生菌类。一到春天，山上的十多种杜鹃竞相开放，把所有的山头都点缀得色彩斑斓。而每年12月到次年4月，成千上万的候鸟就会来拉市海越冬，是观鸟爱好者观鸟的良机……

站在神农寨的观景台上，眼前一片汪洋，难得的安静，恍若异域，有一种心境置换的触动。过了不长时间，天空丝丝缕缕飘起细雨丝来，凉意袭来……疾风知劲草，娇颜色不改，这只是拉市海流域的一角，烟雨迷蒙的拉市海让我看到了它感伤梦幻的另一面。

云来了，光没了，景物在变幻。
滩上，船靠岸，人撤尽，雨落下。
孤独在心境，寂寞也芬芳。
雨霏霏，手不停，纳西妇女穿梭忙……
柴禾、猪草背身上，披星戴月最辛劳。

驼峰后面神出鬼没

鸣沙山的独一无二不在平面，滑翔机直驰蔚蓝，在空中划下一道醒目的红线。从1000米以上的高处俯瞰时，不由地被它的神奇壮阔和汹涌澎湃倾倒。那是特有的金黄和锋刃般的沙脊构合而成的金色波浪鲜有的气势磅礴、黄浪滔天。有人说它连绵起伏的样子似虬龙蜿蜒，又如大海中的波涛奔腾涌来，晶莹闪亮着，不被一丝灰尘蒙垢。

滑翔机腾空飞跃的刹那间，对于从没有过此番经历的人的确是一次魂动心魄的记忆，随着机身的上行和不同线路的移动可以居高临下窥到各种不同的景致，常常令你血脉喷张；坐圆形的大轮胎滑沙，半路突然大头朝下地急速行驶，禁不住万分惶恐地、大呼小叫地发泄，太爽了！而驾驶沙地摩托车或者吉普车朝沙漠深处进军的诱惑，总是有一种探险和豪壮的气势催你开拔……

千古传颂的奇迹在于鸣沙山的绝响。虽然古时候被称为“沙角山”和

“神沙山”，但是，因为沙动有声而得名“鸣沙山”被最终定名。响声只在下山时出现，顺坡而下，一跳十步，只觉得两肋生风，长了翅膀，羽化成仙一般飘飘然。多人结伴下滑时，奇迹猝不及防地出现了——沙浪滚滚，犹如山洪奔泻，巨雷炸响，咚咚的响声从沙雾中传来，一会儿声似敲锣打鼓，一会儿声像笙笛吹奏。在浩渺的天宇下，真是令人惊心动魄，又百思不得其解。

最动人的版本源自一个撼天动地的传说。相传很久以前，这里不是茫茫无际的沙山，是苍郁茂盛的青石山，山旁有一汪水叫月牙泉。泉畔神庙多，每逢庙会，都要唱戏敬神。这年的正月十五闹社火，一时间泉畔周围火队云集，锣鼓喧天。响声惊动了瀚海沙漠中的黄龙太子。这家伙凶猛残暴，大吼一声就会黑风四起，积沙如山。

这晚，他偷跑出来看社火，精彩处激动得大声叫好，没想到，霎时飞沙倾泻，一座沙山平地而起，将所有看热闹的人全都压在黄沙下面。闯了大祸的黄龙太子自知罪行深重，回去也是死路一条，便一头撞死在青石山上。从此，月牙泉前后都有了沙山，山地下的无数冤魂经常敲锣打鼓诉说不幸。直到今天，敦煌民间还流行着一句叫做“后山响，轰隆隆。前山响，锣鼓声”的说法。

没有哪里的沙子是分五色的，而这正是鸣沙山沙子的奇异之处，也是吸引人的“三宝”之一。捧一把在手掌上，红、黄、绿、白、黑晶莹醒目，在艳阳的照射下，发着灼灼的光亮，像有生命的小珠子。五色的沙子一直耐人寻味，也引来无数的猜想和传说。

传说之一：古时候有位将军所率人马的旌旗和铠甲有红、黄、绿、白、黑五种颜色。将军带兵西征西域获胜归来，兵入阳关，在鸣沙山安营扎寨。当时鸣沙山是座水草茂盛的青山。将军见兵马连日作战，辛苦疲惫，便下令刀枪入库，马放青山，安心休息。没想到，有一天黑夜，敌兵突然偷袭，众将士毫无防备，赤手空拳和敌兵肉搏厮杀，直杀得尸横遍野，血流成河，惨不忍睹。正当敌兵得意扬扬之际，霎时黑风骤起，铺天盖地的黄沙暴雨般倾泻下来，顷刻之间，敌兵和将士的尸体全都被掩埋在下面，形成如今看到的累累沙阜连成的大沙山。之后，每逢大风飞起，除了轰鸣奏响之外，更有漫天的沙雾遮天蔽日。刮起的沙粒有五种颜色，就是五色旌旗和五色铠甲变的。不论真实、科学与否，权且相信这种寄托了美好意愿的说法，算是对正义和勇士的褒奖吧！

千百年前，月牙泉就躺卧在鸣沙山的怀抱里，一汪泉水碧波荡漾，清澈见底。虽然经年累月身处在干旱的沙漠地带，却是水清不浊也不干涸。近年泉水的面积开始逐渐缩小，但是仍然清亮亮地躺在沙山的臂弯间，安详地如一面女子梳妆打扮的镜子，引得中外无数的游人慕名前往。

没有人不惊讶于它酷似一弯新月的外形，也明白了它有这个美名的象形含义。梦一般的谜，几乎是每个游人来到此地想要向它讨教的私语。而它永远含情脉脉地沉默着、迎候着，羞怯地守望着心里的那份秘密顾自喜悦和美丽。于是它的故事开始传递：

从前，这里没有沙，也没有泉，而有一座雷音寺。某年的四月初八，寺里举行一年一度的浴佛节，善男信女们都在寺里烧香敬佛，顶礼膜拜。当活动进行到“洒圣水”时，住持方丈端出一碗雷音寺祖传圣水放在寺庙门前，忽听一位外道术士大声挑战，要与方丈斗法比试高低。只见术士挥剑做法，口中念念有词，霎时间，天昏地暗，狂风大作，黄沙铺天盖地而来，把雷音寺埋在沙底。令人奇怪的是，那碗圣水却是安然无恙。术士不罢休，使出浑身法术往碗内填沙，但凭妖术变换花

样，碗内始终不进一粒沙子。黄沙在碗的周围堆积成一座沙山，水碗依然如故。术士无计可施，只好离去。可是，刚走了几步，忽听身后呼隆一声巨响，那碗圣水半边倾斜变化成一湾清泉，而术士则变成一块黑色顽石。

原来，这碗圣水不是普通之水，本是佛祖释迦牟尼赐予住持，世代相传，专为人们消病除灾的“圣水”，由于术士作孽，便显灵惩罚他，使得碗倾泉涌，形成了如今的月牙泉。以往，大自然的奥秘难得科学的解释，丰富的想象被人们赋予了太多的神话和善与恶的感情色彩。不论怎么说，泉水清澈着没有干涸都是不争的事实，都是世上罕见的奇迹。月牙泉内的鱼被称为“铁背鱼”，能医治疑难杂病；泉边的草被称为“七星草”，有催生壮阳的作用。据说吃了鱼和草，可以长生不老。因有“药泉”之誉，一度被讹传为“渥洼池”，清代时正名“月牙泉”。“月泉晓澈”成了敦煌八景之一。

泉的美色从前往的沙路上就要开

始寻觅。不论徒步，还是骑骆驼，越近，看到的面积越大，像猜谜似的。它泊在两片人工培植的绿地后，仿古建造的深灰色雷音寺的后身，夕照门的右前方，可以发现那种沙山环绕的独特意境。早、中、晚不同时段看泉景，会有不同的形状。甚至同一时间转换不同的角度观察水面都是不同的姿态。但不论怎么变化，水面上，只有一处或大或小、蓝色透明的如天幕倒挂，一尘不染，鲜亮剔透，而其余则是沙山在水中的倒影，昏黄如镜框。

在途中的休息亭小憩，游人们着古代装束拍照纪念，女的扮王昭君，男的当霍去病。然后脱掉鞋、袜，挽起裤腿向月牙泉走去。光脚前行是因为鸣沙山的沙子可以治病，如果是盛夏，疗效是最好的。但是沙子往往烫得双脚无法站稳，即使像个大蛤蟆一跳一跳地往前窜也坚持不了多久。此刻，不管你是大人小孩，男人女人，发现自己都回归到了童真时代，开心得不得了。

和你牵手香格里拉

其实，我一直在心里等待绿色晕染的香格里拉。香格里拉无疑是天堂，是迪庆藏族自治州最美的草原，现在，脚下踩着的就是天堂的一角依拉。依拉在藏语里的意思是“豹山”，传说中它是一座神山。美丽、神秘、变幻、传奇……这是书本、歌曲、绘画、诗词、宗教等表现形式传递的香格里拉，那是别人描绘和言说的香格里拉，我看到的香格里拉是什么样子？是否能够找到我梦寐以求的香巴拉……

在大理认识的藏族朋友安排车子把我带到这个地方。虽是4月，草色还没有彻底返青，但草原的美丽与迷幻依然存在。强壮彪悍的黑家伙棋子般散落在黄绿

色编织的地毯上，形成一道纯美自然的风光画卷，仿若正置身于一个童话世界中。

那不是一些普通的牛。中甸的牦牛，必须生长在海拔4000米以上的高寒地带，才得以生存繁衍。食物都是无生态污染的牧草，而这里的牧草又多是虫草、贝母、野三七、人参果等高山药用植物根茎叶。难怪牦牛肉味美鲜香，而且营养价值极高……后来，把牦牛食品采购回去和家人朋友分享时，情不自禁就会想到这一幕。

小牦牛“小可爱”，样子实在招人怜惜，老牦牛憨态可掬，幸福的一家子。我远瞧近观瞩望着它们，受到传染一般，不得不安静下来，那份沉稳与悠闲令人羡慕。当脚步走过千山万水，置身于这片土地，与高原动物为友，那也是天堂之乐的一个插曲！草原上一派空

旷，无遮无拦，只有一个小木屋。谁说浪漫只属于塞纳河畔，属于帕格尼尼岛上的情欢，如果可以遇到真情，真的是想牵你的手在这个清静美丽的地方，一起沐浴一段清风明月……

依拉草原的隔壁就是传说中的纳帕海，有水的时候称为“纳帕海”，没水的时候叫“纳帕草原”，其藏语意为森林背后的湖泊。告别牦牛群，换上藏族女子的服饰，随着马行走的路线，在海拔3270米的纳帕海上四处游逛。

纳帕海有41平方千米，不仅是云南省保护的重要湿地，更受《国际湿地公约》的保护。保护的对象主要是濒临灭绝的国家一级保护动物黑颈鹤和亚高山草甸、湿地。给我牵马的格桑额吉告诉我，这里也是云南省面积最大的亚高山沼泽草甸，是茶马古道上的马帮在云南的最后一个休整之地……

骑马其实没有牵马走过瘾，翻身下马，接过缰绳，开始一个人信步而行。而牵一匹骏马远行，不是潇洒或者浪漫能够解读的，有些时候，go out ，就是一种绝妙的生活方式。忽然发现，路上，因为远离了人群，马成了唯一可以交流的对象。它无语，却善于倾听，且不会讹传，难怪会成为马帮最好的伙伴。

这里四季风景大不同。春夏时节，绿草如茵，牛羊成群，此时徜徉其中，定能感悟到物我皆一的境界；秋天，金色的草原，清澈的湖水，蔚蓝的天空，绘成动人的画卷，让人忘情于天地间无限的遐想；冬天，在雪原中，清脆的牛铃声伴着黑颈鹤的欢歌，谱成一首人与自然和谐共处的华美乐章。

女人有时候也需要一点点飒爽，热爱自然，算是一种最扑朔迷离的优雅。此时，禁不住要眺望或者沉思。思考会变得智慧，任何一种生灵都是大地母亲慷慨所赐。适度地索取，适度地给予，适度地生存，只有这样才不会误读我理解的精神圣地——香格里拉。

有一种感觉无法言说，瞬间爆发，只要心里愉悦，过程是最明亮的图画。我想告诉你，人间的一切烦恼、悲伤、不幸都逃不掉，遇到了笑脸迎对，错过了祝福幸运，快乐在你心里，幸福都是善待的。你说呢？

原乡五味

甜蜜太多也会迷失，不妨来点小冒险，
给生活加点作料，
在出游中寻觅唤醒剂。

偷得浮生半日闲

提起三亚，就是莫名的欢畅。联合国公认其为最适合人类居住的城市之一，第二居住地的最佳选择处，而国人则盛赞它是“东方夏威夷”。白日里，三亚像一个天生丽质的美女，无须粉饰，引人注目。碧海蓝天，椰林沙滩，花园曲径，鱼鲜果香，五光十色；夜幕下，它沉醉而迷离，恰似一个涂了淡淡脂粉的少妇，妩媚却不妖冶，如梦似幻。有钱人可以尽情欢歌享乐，高档与奢华点缀在社交场所的每一个细枝末节；普通人安享天时地利，蹲守家园，乐在其中。夜幕下的三亚，就像120个切割面的钻石，每一个面都独立对外，各有各的斑斓。

印象颇深的是酒店。星级酒店，无不仙乐飘飘入梦来。因为是去度假，所以比平时稍加关注了一下。也是三亚不乏奢华顶级酒店，撩拨得好奇心痒痒的，特别是亚龙湾一带，五星级的酒店鳞次栉比，喜来登、凯莱、家化万豪独领风骚，整个三亚酒店多如棋子，夜晚的霓虹灯比星星亮。有酒店就有夜总会，有夜总会就少不了歌舞升平，锦衣夜行。酒吧、咖啡厅、温泉、美容美发店也不逊色。想象一下，这三亚的夜生活怎

能不光怪陆离、五光十色？度假是来享受、放松的，很多人说，尤其是到了远离公务缠身、避开琐碎无聊的海南岛上。或许在这里，人性的需求被放大，理性多少会出局。

琴声、歌声和着拍子从左前方响起，声音吸引来无数目光驻足，撞上安莉芳内衣秀展示即将开幕，原来是菲律宾5人演唱组合在造势。出示证件步入大厅，T型台上射灯雪亮，主看台上长枪短炮已经架好，侧看台上脑瓜顶漆黑一片。摸进模特们聚集的化妆间，临场前的紧张、忙碌真实地展现在眼前。服饰、化妆品、道具散落一地，凌乱的现场没有影响每个人的表现情绪，反倒是已经熟稔了眼前的一切。扫过每一张精致的面孔闪出门去，趁着还有十几分钟的空当，在酒店的里里外外快速巡视一番。尊贵典雅、富丽堂皇的形容词蹦出脑海，喜来登沉浸在傍晚的娴静与安逸之中，越发显示出它的奢华与瑰丽的气质来……

丝般的细滑质感，绒质提花的丰盛，珍珠、宝石、珠片于暗处闪眼，青春的胴体在台上恣肆般的绽放。这是一个出名要趁早、享受要及时的人生年代。一组活力盎然的面孔在眼前掠过，转而，另一组妖艳迷离的画面充斥眼帘。近了，看

银泰度假酒店

到清新的小花开满城市和原野，大自然明亮的色彩透出心底的雀跃，在这一刻鲜明地碰击，禁不住深呼吸，感动这自然的杰作。经典的黑色波尔卡圆点，经典的中国红香玉绿，在精妙的设计与裁剪中重获惊艳的新生。是谁张开硕大的翼翅蹁跹而来，是那个在决赛中摘取最具活力奖的1号。

回去的路上撞上嘉年华，正儿八经的夜总会。门前灯箱上的暧昧和霓虹解读着里面的一切，若隐若现的出口，蜿蜒着向下伸展，看不见的深奥，无法解读的迷离，吊足欢颜的胃口。同样是五星级的银泰度假酒店，这里的一切是清新舒爽，别有韵致的。大巴停在了酒店门口，又一帮大鼻子、黄头发的人们拖着大大的行李走了进来。不知何时起，俄罗斯人趋之若鹜，银泰度假酒店成了俄罗斯人的家。

清雅大堂里，南国特色的灯笼倏然间明亮，错落有致，散发着淡雅、朴实的悠闲。花园木排海鲜烧烤已经开始。有三亚渔铺，还有东南亚琳琅满目的美食。三三两两的客人徐徐落座，女的多半穿着吊带裙，男的亦是短打扮，轻语浅笑，怡人自得，盘子里有烤螃蟹、烤虾以及高品质的扒肉，令人垂涎。深入水中的木排上有菲律宾二人组合乐队曼妙演出。徐徐的海涛声在耳畔起起伏伏，飘飘的异域仙乐节奏变幻，只要不下雨，每个晚上尽可：赏明月，入梦乡。

饭后很少有人回房间休息。有人更会计划，提前就把逛夜市的准备工作做好了。女性脱掉高跟鞋，男士换上花里胡哨的岛服，俄罗斯女郎更甚，身上左围右拦只剩几条带子，有点情色更有点性感。一些人会去酒店泳池。巨大的照明灯和月色争辉，人影或隐或现，潜伏进水里再浮上水面，感觉怪怪的。俄罗斯人抱团。泳池边的躺椅上经常是三五个，在池边上摆一个桌

泳池吧派对

子，不玩牌，也不砌“长城”，他们吃肉、喝啤酒……西伯利亚人的豪放显露无遗。

一个俄罗斯女孩留着栗色的头发，双手撑着跟躺椅上的父母大声说话，松散的头发披散下来，若隐若现地遮挡住曲线形的后背……扑通一声女孩掉进水里，因为离得太近，竟然发现女孩一丝不挂。“裸泳”？我对着身边的人嘀咕，猎奇的目光刷地一下扫过去，女孩钻进水里。

泳池不足100米处就是海滩。海上夜景别具特色，有的人喜欢早起看海，有的人喜欢晚上在月下听涛。白天是清透的，晚上是诱惑的。深一脚浅一脚地散步过去。有人趿拉着拖鞋就往海水里走，“慢点，小心拖鞋冲到海水里去”，我叮嘱，亦挽起裤腿，提溜着鞋，随之下去。这才发现，晚上的海水比白天的凉，海浪比白天翻卷的高。一个大浪过来，打湿了我们的衣服，又一个大浪过来差点没把一个先生砸到水里……快上岸！每个人都比较狼狈，围在一起互相嬉笑。这才注意附近立着一块木牌，上书：晚上夜黑风高，切勿下海游泳，注意安全。我们是明知故犯，不出事好，出了事怨不着谁的。

回望海面，远处漆黑一片，
只能看到翻卷的白浪打着滚地向岸边涌来。
海上寂静，没有行驶的船影，
亦没有任何飞行物，只有月光和星星。
一个人滞留这种场景是会胆怯的。
和壮阔的海水以及无垠的天穹相比，人是太为渺小的动物，
自然界任何一点发威都会是巨大的生存挑战。

灵魂挂在崖壁上

大概是初中时的某堂地理课。地理老师拿着一幅挂图在黑板上讲中国五岳，西岳就是位于华阴市的华山。当时老师的很多话都已忘记，却依稀记得：华山是“奇险天下第一山”，“自古华山一条路”，雄冠五岳，谁能爬上去谁就了不得……下意识地她还伸出大拇指。那就是一种潜移默化，说者无意，却不知渴慕求知的少年已经有了心意。

太华、西岳、华岳指的也是华山，一山四名并用，堪称无山可比，独此一家。华山名称的演变，多与物产、山形、传说及国策中心转移有密切关系。俗话说“秦地无闲草”，《史记·封禅书》中就开始有记载，到唐玄宗李隆基在题《西岳太华山碑铭》一文中定名。“西岳太华者，当少阴，用事万物生华，故曰华山。”碑铭与传说有关。山巅有池，池内生千叶莲花，服之羽化成仙；加之形状酷似“山”字，又名“花山”。古汉语中，“华”、“花”相同，故称华山。置之死地才有后生，无限风光在险峰。路上的艰苦卓绝难以言表，但也没有空闲去说，因为看到的一切已然将我征服，迫不及待地想与人诉说。

华山有东、西、南、北、中五峰，南峰“落雁”，西峰“莲花”，东峰“朝阳”，鼎峙而立，高耸云霄，号称“天外三峰”。三峰之前为中峰“玉女”、北峰“云台”，而且散落周边的还有70多座小峰环卫而立，宛如一朵盛开的莲花。曾经有人问我，“你攀华山为啥？”这个提法比较功利，但我愿意回答。起

初，是因为险峻和名气，最终是因为寻觅到心底无限追寻的隐秘意境——莲花的语义：圣洁以及尊贵。

主峰在南峰，海拔2160.5米，而山北麓玉泉院仅400米，落差达1760米，真可谓直耸云天。触动心绪的是抵达金锁关，这里海拔1800多米，天下衔单人桥，上控三峰口，是华山第三座关隘。大诗人杜甫惊赞其雄险为“通天又一门”，而自古华山一条路也至此画上句号。作为道教全真派发祥地，山上道观依山就势，星罗棋布，也就顺理成章了。道家说，华山三峰为仙都，过关门，抵中污，圣洁在心，俗念不生。所以有“过了金锁关，另是一重天”的说法。

很久以来，人们就开始赋予这个地方以神秘色彩，长长的锁链上红布飞舞，在青山与岩石的裹挟中，甚是浓烈、刺目。“连心锁”、“平安锁”、“富贵锁”等各色金锁挂满铁链，寓意爱情永恒、生活平安、富贵吉祥。寄托是最好的朝拜，谁还真的在乎是否灵验，不过，能够抵达，就已是诚信挚意。从金锁关进行环形游览，均可到达中峰、东峰、南峰和西峰。夜晚白日来回两次穿过此关，不时驻足此地，望向四峰，忽然萌生淡忘已久的心潮澎湃……

华山日出、日落美景是有名的，站在“万象森罗，拓迹嵯峨”的石碑下，满眼千峰镀金，万岭披霞，壮阔迤丽，一切烦扰、困惑都淹没在眼前的云雾里，无影无踪。

一路上都在品味“奇险天下第一山”中，所谓“奇险”，就是险象环生，险险不同。爬到千尺幢时，已是胆战心惊，时不时要停下来稳稳神。这里有“太华咽喉”之称，是

在千寻绝壁上剔的两道石槽。两槽均宽约80公分，纵坡近60度，旁边铁索悬挂，望一眼就令人心胆惧寒，何况要长时间地挂在上面，脚掌踩在几公分宽的石阶上移动着身体。而百尺峡则是两侧峭壁，中间夹着石阶险道，下段纵坡近50度，上段仅容一人通行，上浮悬石一块，仰望之摇摇欲坠，镌有“惊心石”三字。过石窥探，竟稳如扎根壁间，镌有“平心石”字样。老君梨沟东依绝壁，擦耳崖、阎王砭则是西倚峭崖，又傍临着深渊……长空栈道系在千仞崖上，打孔置桩悬空架设而成，因为它的上面用木椽铺设，受气候影响，表面时常会生出一层苔藓来，俗称“木臬”，即朽木也。华山之险，可见一斑。

华山将大自然的神奇与人类的创造融为一体，形成了世界屈指可数的文化，至今还觉得那是一次心血来潮，一次不靠谱。但是，似乎也从来没有像今天这样，为那次的班师回朝，而感到荣耀。

“陇右第一名山”的雅号就是送给兴隆山的。早在西周时就已成为道人凿洞修行之地，据说古时候因为山上“常有白云浩渺无际”而取名“栖云山”，一向有“陇上名胜”的尊称；唐宋时，兴隆山的神殿特别多，香火极其旺盛，称为“洞天福地”；清代时，这里的庙宇楼阁已成规模，或依山面壁，或深藏密林，画栋雕梁，飞檐红柱，十分壮观。后来大多被毁损，仅存有清代所建飞跨兴隆峡的云龙桥一座。清康熙年间取复兴之意，才改名“兴隆山”。20世纪50年代时，全山的亭

台楼阁以及庙宇达到七十多处，景点24处，成为佛教、道教的胜地。

距离兰州市最近的国家级自然森林保护区，它的主峰由兴隆山的东西二峰组成，东峰“兴隆”海拔2400米，西峰“栖云”海拔2500米，两峰间为兴隆峡，有云龙桥横空飞架峡谷。现在栖云峰能够看到混元阁、朝云观、雷祖殿等殿阁；兴隆峰能浏览到二仙台、太白泉、大佛殿、喜松亭、滴泪亭等景点。史载，公元1227年，成吉思汗在攻打西夏时，病逝于兴隆山，其衣冠和兵器用物安放于此。1939年，成吉思汗的灵柩运至兴隆山，密藏于大佛殿内；1949年8月迁往青海塔尔寺；1954年，由内蒙古自治区人民政府迎回，最终安放在伊克昭盟伊金霍洛旗新建的成吉思汗陵寝室。这段历史让兴隆山更加著名。

除了看山看林看寺庙看道观，兴隆山还可以攀岩。金麟山庄攀岩广场位于通往山顶的途中，是个颇具专业性的攀岩活动场所。不同长度、坡度的线路，攀附在近乎垂直的崖壁上。攀岩行头全副武装上，崖脚下，望着红红绿绿的线路标志和一个个分

兴隆山攀岩

散的岩点，我是几分惊恐，又有几分憧憬。下了有半个多小时的决心，嘱咐了一大圈保卫人员，才顶着艳阳向灰色的岩石贴近。

攀登的途中会有剧烈的心理变化，在崖壁上跳芭蕾的确惊险刺激，终于到顶的感觉奇妙无比！而悬在突出的崖壁下，倒挂在上面的困境也绝不好玩，那是一种心力和体力以及经验较劲的复杂过程。不知是恐惧还是艰难，眼泪都控制不住地流泻出来，也许两者情绪都有吧。到达最高处时，突出嶙峋的巨石悬在头顶上，抬眼看时，一种压迫感逼兀而来，让我呼吸困难。四周的踩点忽然也稀疏模糊了起来，大脑一片空白，这就是挑战攀岩的最高极限。

我的手、腿和脚开始陷入一种软绵绵的无力状态，因为一时不能确定安全的支点，就那么四肢大开地、吸盘似的紧贴在崖壁上，仿佛把命运和希望都交给了那上面，没有退路。就那样僵持了十多分钟，下面看

的人事后跟我说都捏了一把汗。起初他们还热情高涨地给我喊着“加油，加油”！这个时候，只张大着嘴巴却不敢出声，担心喊声让我分神儿，突然从上面滑脱下来……下到地面时，因为兴奋和激动一时语噎。有生以来第一次的户外职业攀岩，而我已不是身脚敏捷的年轻人，禁不住会对自己有些赞叹。回首再望那远处的攀岩广场，隐映在浓密的绿色山峦里格外的宁静美丽，水塘、石桥、蒙古包……无尽自然拙朴的景象。而晚上宿在山庄的蒙古包里，坠入林海、白云、溪流和动植物编织的温柔之乡，心情会怎么样呢？！

次日凌晨赶回山下大本营，丝丝感动鹿撞不已。一次意志和反应的对决，汗流浃背和胆战心惊的交集，而我终于克服恐惧坚持了下来。很晚，直到朋友们来电，都没有从状态中回过神来，对着电话那一端说：很快乐啊，超级兴奋！！！

嘉陵江源头在歌唱

一辆鲜红的小车停在跟前。“想去嘉陵江源头吗？可以搭我们的车……”车窗口探出一个中年男子的脑袋，驾驶座上还有一个。

“哦……啊……”不知说什么好，面对陌生，本能地警惕，嘻嘻哈哈地玩起了太极。磨蹭了五六分钟，摸清了底细，基本定论可以同行。谈好价钱，坐到后位，开始聊天。原来两位师傅就是凤县人，正好路过嘉陵江源头的大门，他们说我命好，通常不是自驾车就是包车，才能前往，包车来回要200元，而这个时间，通常是没有车的。后来知道，开车的壮些、矮些，姓毋；搭话的瘦些、高些，姓赵。三个人像是一台相声会，他们两个是演员，我是那个爱提问的观众。

过了收费站口，高个子说：“你到我们凤县来吧，空气好，很多的农家乐，山上抓的土鸡，吃的都是天然绿色食品……”哟嗬，听得我都快流口水啦。毋师傅打开音响，高亢嘹亮的女高音在天空中飘荡：“我家住在黄土高坡，大风从坡上刮过，不管是东南风，还是西北风，都是我的歌，我的歌……”车子驶进秦岭山脉，气氛更加活跃。公路盘亘蜿蜒，两侧是不断被甩到后面的丛山谷地，林木葱翠茂密，粉白色的苦李子花夹在其中，远处薄雾弥漫。沿途有很多古代景点，第一个就是大散关，两位师傅争着介绍，建议我下来时可以顺道看看。温柔的流行歌曲响起来：“我要抱着你，我不让你走，回来，回来，你别走，你可知道我爱你！”还有《夕阳》、《给我温柔》……哈哈哈，听得肉麻啦，不过这样的旅途，实在是“爽”！

大概三十分钟后，红色的QQ停在源头的大门口。两个师傅被我安排在秦岭的地标前照相，然后祝福告别，“给你们车费？”冲他们上车的背影我追着说。“呵呵，能带你上来很是荣幸，车费免了，有缘再相见。”啊，哈哈……路上有时就是这样，萍水相逢，瞬间熟悉，然后，愉快地告别，没有更多的牵绊，这就是情趣。

不过转回身，走向大门里，就傻了。山里天黑得快，法定6:00pm封山，实际上4:00pm起就只出不进了，而当时已经是5:10pm。“我来一次真的是不容易，你们要给我破例……”对着看门负责人，半严肃半玩笑地说了很多话，也不知道是哪句打动了他，终于让他松口，并且安排指定的司机载上我直奔嘉陵江源头。

情绪就这样被激发出来，白日里的一路奔波疲惫躲藏了起来，不知去向。43岁的景师傅开了二十多年的车，这山上山下，熟悉得犹如手掌。面包车嗖嗖地行进，车窗外的景色刷刷地甩在身后。红艳艳的桉树干笔直地伸向天空，似猎猎红旗跃入我的眼眶，又跳出视线，“桉树怎么和我在大理看到的不一样？请停下来……”落日的余晖下，红色的桉树叶子火焰般炫目，映得心里亮亮堂堂的。

景师傅好像知道我的心思，每逢一个值得一说的地方，就主动开口，如果我想停下，他就停车。一片开阔的黄绿色的草甸子，那是古战场和尚塬。伫立在漫无边际的草甸子一边，远处有羊群点点的白色在移动，我极目远眺，尽力在搜索古战场的遗迹，尽管什么也看不到，但是，思绪已经随着联想在彼时彼刻巡游飘荡了。

行进。路边的植物开始枯萎脱落下来，气温好像也越来越低，不由自主地裹紧衣服，但是，不起太大的作用。“越冷，说明离源头越近了，最上面就是原始的冷杉林，还有雪哪！”“一山有四季”，在这嘉陵江源头得以验证了。

“源头在哪儿？那里的水能喝吗？上面会不会遇到野兽……”眼睛盯着前面空无一人的寂静车道，我提高音量和景师傅说。“马上就到了……”

前面出现一片空地，空地间留出一条长长的窄道，窄道的尽头有块石台子，台子上面立着正在寻

找的那几个字——嘉陵江源头。车子停在了柳条林子附近，柳条林子旁就是那条潺潺流动的江水口。水速不急不缓，清澈澄明，发出轻微的哗哗声，由近及远。忽然生发出一股子亲切感，好想把它掬在手里，放在眼前仔仔细细地看。看这源头的水，究竟有什么奥秘吸引着我不顾一切地找寻？

试探着把手探进去，凉丝丝的，冰到骨头痛，估计水温低到零下40摄氏度。甩净手，直起身，在水道边跳。晚霞开始升腾起来，霞光万道，清冽的空气中，有一种格外的清爽和诗意，不由得忘乎所以。追着山影的轮廓跳啊跳，转啊转，忘记这天地间除了候车的司机就是我一个人的狂欢！

“抓紧时间，我们还要往上走”，景师傅忍不住提醒。

冷杉林？是的，我还要登上最高点，看那挂着雪花的原始冷杉林。

转了几圈后，车子停在一个又长又陡的台阶上，这是通往冷杉林的唯一通道。“你在山下等我，我看看就回？”依然活蹦乱跳的我，有点不忍心司机再爬到最高处给我当摄影师，“没事，我能坚持住，要不谁给你拍照啊！”唉呀，我今天这是怎么了？好像天底下的好人都让我遇见了。什么也别说，说了也是多余，就是两个字“感动”。其实我挺怕师傅把我扔下，那我就要怀揣着个小兔子，七上八下地独自爬台阶了。

坚持，坚持。在心里不住地鼓励自己，实在是太长了，景师傅说有1000级，我仿佛觉得是个无穷大，中间不得不停歇好几次。松枝开始遮挡我的视线，空气中有一股寒流袭来，脚底下的台阶变成了堆着雪丛的土地……冷杉林的影子密集地矗立着，像一个个挺拔冷峻的小生，让人心生喜欢。踮起脚，手触摸到最矮处的冷杉叶子，“嘿，你好”，憨乎乎地竟然冒了这么一句。晚霞升到最高处，刺目的白光冲破雾霭射到我的脸上，稍微有了一点暖意，但是睁不开眼睛，索性闭目享受那安详静默的片刻。万千沟壑，林木花草，河流山崖，庙宇寺殿，茅屋田舍……分布在我的四周。刹那间，忘记所有，每一个细胞都在开裂，诉说着两个字“快乐”！

走下一段泥泞的山路，撞见直立高耸的观日台。倚靠在缓步台的廊柱上，望向远处，云雾缭绕在林木之上，仿佛置身于天上。思绪追着云的尾巴，飘飘悠悠，走得很缓却也走得很远，带走了些许远途跋涉的疲倦和偶尔浮上来的忧伤。想就这么驻留，不要前行也不要后退，要好好地享受一个人的盛宴……

不得不告别这令人无限遐思和追忆的地方。旅行就是不断地行走，一个一个景致地更新，一种一种心境地变换。在这个世界里，每个地方、每个角落都是万花筒里的原子，你只会懂得越来越多，看得越来越明澈。

旅行时间久了，感触也就随时随地涌上心头。面对都市里的物质追逐，常常会陷入贪欲无以自拔。而旅行改变了视觉的焦点，经常地面对自然，陶陶然在各种美景中贪恋，则无罪可言了。

通湖，马背上的历险

骑骆驼穿越大沙漠后，一直渴望着绿色。像一个探照灯似的，总是努力地睁大双眼，张望着目力所及的一切，目的简单而又明确——发现，发现。腾格里大沙漠浩瀚无垠地铺展着，在宁夏西部却格外纤巧，被分割成狭长的古驼道，两头缀着沙坡头和通湖草原。骆驼是一种值得尊敬的动物，温顺坚忍，历来是沙漠运输的主要工具。从沙坡头至通湖草原的行程不过半日，有适当的艰辛，却不乏探险的乐趣。

这里距离内蒙古自治区阿拉善盟盟府巴彦浩特300余公里，和宁夏中卫市相隔仅30余公里。万亩方圆的沙

漠草原，因湖泊的缘故叫做通湖草原，千亩大的湖泊自然就叫通湖。若乘飞机高空俯视，白日，满眼沙水相连；傍晚，灯火相望。

夜幕低垂，歌声缭绕，悠扬动听，沉寂千年的通湖草原沸腾起来了。那是纯粹的阿拉善传统蒙族文化的展示，是善良、真诚、智慧、聪颖、勤劳和不屈不挠的人情风貌。

无论是月明星稀还是星密夜漆的夜晚，这里的蒙古族少男少女，定会围着熊熊燃烧的篝火载歌载舞，与游人一同唱响欢乐之歌，友谊之歌，幸福之歌，难忘之歌。如我一般，在现代生活中待腻了的人们，在通湖草原的时时刻刻，都陷落在生活如歌的情趣中。时光在慢慢地流淌，不知不觉中，一种对生活的全新认识在每个人的心里、情绪里、声音里、手语里出现了。

射箭是蒙古民族传统悠久的体育项目，有骑马射箭和徒步射箭两种。这是一种带有英武和雄壮感的运动，拿起那沉甸甸的弓箭，弯弓搭箭，斜视目标，用力发射的霎那，或许就感受到成吉思汗弯弓射大雕的威武雄劲，在马背上叱咤风云、夺取天下的英雄豪迈，跃然呈现。

沙漠中最可贵的是绿色，从地理位置上讲，通湖草原位于腾格里大沙漠东南部沙漠腹地。在茫茫大漠中，就像是一块绿色翡翠，鲜活、跳跃，视觉清新明亮，那波光潋滟的湖水，会让人感觉如同到了天堂。

我不是骑手，否则，定要在这里像彪悍的蒙古族小伙子一样跨上快马，奔驰在辽阔的大草原上。迎风呼啸，尘雾随影，真正领略到马背民族的威武风采。但我可以骑马走。挑选了一匹枣红色的马，坐在马鞍上，我祈祷：慢慢走，不要把我甩到地下……呵呵，马儿温顺地挪动着稳健的脚步向远处的草原而去，缰绳拽到胸前，另一头揪在马主人手里，我开始在马背上心猿意马。

天蓝得悠然，白云洁白散淡，羊群、牧民悠哉游哉。草场翠绿轻灵，阳光碎银子般洒落在水面上……用什么样的词汇可以比拟？安乐，祥和，

宁静，美妙，清新，是不是闯入了神话中的伊甸园？

忽然，马绳脱落，马鞍子摇晃起来，身体失去平衡，刚才还温顺的坐骑在草原上跑动起来了，而且越来越快。My god !我大惊失色，心里一紧张，脑门子上的汗珠刷刷地流淌出来了……天哪！这可怎么办？！刚才还神思悠远地美着，一时大脑空白……持续了十多分钟，还好，惊慌无助的刹那儿，发现马儿顺着来路，往大本营的路上去呢，虽然还是在一溜小跑着，却没有撒欢尥蹶子。我赶紧稳了稳神儿，让身体在颠簸的马背上尽量保持平衡。

终于颠回到出发地，像是躲过一场大难似的扑到跟随我的蒙古小妹的怀里，惊喜交集。

海拔3800米的崩溃

在丽江，很偶然地认识了两个背包客。头天晚上，其中一人邀我第二天去一个地图上都找不到的地方，游客更是闻所未闻。我在地图上寻觅那个诱惑人的文海草坝子，还真是无影无踪。去那种地方是既没有公路也不见索道，要走山路，擦着玉龙雪山的肩膀爬上去，大约两个小时……我丝毫没有动心。但没经住“那地方是原生态，目前为止还未受到任何污染和开发性破坏，当地全是纳西族和彝族”的蛊惑，第二天一大早，还是急匆匆地奔到集合地，一起出发了。

接下来的事情简直出乎意料，甚至可以说是带了些戏剧性变化。

向上，向上，我尽力走，越走越热，直到额头渗出细微的汗珠。清晰的小路模糊起来，土路变成礁石荆棘。几分钟后更是一段不近的拓溪石路。我小心地踩稳每一个石块，其中一大个男人很快就把我和另一个人甩在后头，我想喊住他，一想还是抓紧赶路吧。石路很陡，有的地方简直就是连摸带爬，我的厚底休闲鞋在山路上攀爬起来十分磨损脚踝，而且不容易控制平衡。

温度越来越高，已过去快两个小时了，好像还没有一点眉目，我干脆坐在突兀的大石头上安抚一下怦怦跳的心。终于攀过横在眼前的巨石，才隔着满目丛生的林木缝隙看到前面人的影子，刚扶着一个松树干稳了稳神，就听他说：“好像我们走错了！”

“啊？……”一下子就浑身无力起来。这个家伙把我们引进了一个杂乱无章的丛林地带。松树高大无比，视线可及的地方荆棘一片，腿肚子擦着而过的都是矮棵的野杜鹃花和生出白色絮状物的树枝……坐在树干上，眼睛只能看到头顶上方的一片天，至于方向，浑然不知。

刚才时不时地还回望几眼山下的丽江景色，偶尔也让后面的人帮忙拍照，现在是什么心思都没了，能爬到山顶就谢天谢地。“小心，抓住东西”，大个男人叮嘱时，眼前已是一小片开阔坡地，坡地很陡，几乎呈90度，可怕的是没有抓头，矮小的树根稍一使劲就能连根拔出，石块更是不堪重负。恐怖的念头刹那间掠过脑海，心一点点收紧，微微回头看了一下环境，天！不看还好，一看就崩溃了。我的身体本是贴在坡地上往上攀行的，身后则是看不到底的沟壑，树梢在我的脚下，远处玉龙雪山的山峦和我的肩膀平行，散淡的云朵在不远处缭绕。如果有根安全绳牵引，我想真是不错的观景望风的机会。可是，我丝毫兴奋不起来，微微低头，两脚踩踏的地方仅有双脚并排安放的位置，宽出10公分的距离都是奢望。谨慎地侧过一点身体，再向左前方看，彻底傻掉，眼泪都出来了。什么叫万念俱灰，你想都没想好，它就突然间瘟神一般降临了。如果我消失了，会……本能地想到了最坏，那时候发现自己多么渴望活着越过这段险境。闭上眼睛，稍稍稳定了一下情绪，试图看到上面和下面的人，但是都没有影子。每个人的间距都很大，这个时候谁也帮不了我，只有靠自己了。

一片让人窒息的寂静，只有心跳像擂鼓般急促、轰响，好在脑子还算清醒。从所处的地方到一个略微可以称做安全的地方至少还有 3 米多远，而这段距离对我来说就是心智和腿、脑并用的考验。稍一走神儿，或脚下踩空，就会失去平衡栽下山谷。很多个词汇都是书本、小说里读道的，却不一定深得其意，直到此时我才切身体味到“进退两难”的真实含义，那是生与死的抉择考验。

该死的厚底休闲鞋的劣势再次显露出来，在海拔3800多米的山上，我像是个踩高跷的大木偶，不敢斜视，身体内倾，屏住呼吸，一公分一公分地错着脚步……时间仿佛停滞，一切声响消失，大脑一片空白，只有一个目的——向前，向前！走出这段就是生，走不出这段就是危情险境，后果不堪设想。不知过了多长时间，我走到了尽头，抓住一个附近少有的树根，确认无误后，上到一个较缓的稳妥地段，整个身体顺势就瘫在了那里。汗从身上冒了出来，不是热的，是后怕，泪水混合着汗水喷涌而出，流下脸颊。终于爬到山顶，没有失望地大呼小叫，望向四周，景色超乎想象的美丽无边。如果你是背包客，真的要到文海草坝子上撒会儿野。

出行是快乐与奇险交互作用的过程，当一切回归到雨后天晴、风平浪静时，所有的付出与发现才显得那么的精彩和珍贵。

海拔3500米以上的野生杜鹃花

和陌生人徒步苍山

苍山、洱海是大理的标志，更是大理的荣耀。不过有人叮嘱我：去苍山一定要找个伴儿，安全第一。找谁呢？望着客栈里来来往往的游人，一时没了主意。最好有个女伴，最好三四个人。打着小算盘，低头吃着东西，耳朵却听着周围的动静。

新加坡的Sun开始咨询客人：谁去苍山？话音刚落，我不假思索就回应了一句：“我呀，我去。”话一出口就后悔了。他是谁？从哪里来？干什么的？我为什么信任他？他爬过苍山吗……已习惯在路上随时保持警觉的我，刹那间脑海里翻涌出一连串的问号。

“马上就出发。”他催促我回房间收拾东西，我却一改先前的急迫，慢条斯理起来，待在远处继续早餐，但是眼神却若即若离地盯住了他。他的相貌、装扮、神态、举手投足都在我锐利而带有嗅觉的审视目光下放大，我想通过后续的观察，来弥补前几分钟的唐突，再作出最后的判断。

Sun从我的桌前经过时被我叫住，坐到我的对面，漫不经心地闲聊着打探陌生人来路和品性，知道他算是一个职业背包客，登山经验丰富，且是客栈的老客……爬山要趁早,再次催我上路，我磨磨蹭蹭地仍然在客栈里徘徊，其实我是在等多几个人一同上山。

出客栈门，沿博爱路走至护国路（洋人街），左转，穿过一溜街的小摊铺，过道，可看到30米以外的石门坊——三月街。沿石头路上行，见到三月街石碑时有左右两条道，左面的是去天龙八部影视城的必经之路，右面是奔苍山索道。

“能上去吗？要不陪你坐索道？”估计他是担心我这个从大城市里来的、从未登过海拔2000米以上高山的女子是否能吃得消？

“没问题，走着瞧！”我鼓足勇气回答。其实心里也没底儿，除了担心给这个职业登山者增添麻烦、耽搁登顶时间外，我心里说：走不动了，就坐下来歇，歇过劲儿来再继续不就得了。

“好吧。你选择近路？还是远路？”

近路非常陡峭，好处是节省很多时

间，基本上跟索道是一条行进路线，快手45分钟可到达中段，一般人要一个半到两个小时；远路比较缓，困难系数小很多，上半部的玉带路被修了石阶，也是马帮曾经走过的路线，一般人要两个半至三个小时的样子。

“近路。”我说。登苍山就要感受它的崎岖，而且要自己背包，这样才会感受至深。让他前面走，保持七八米的距离，一来是有追赶的动力；二来也是一种自我保护，对不甚熟悉的人我有一种近乎天然的防御。

路上的确新鲜，我边走边拍，不知不觉Sun就落下我十多米。“嘿，小杨，不要拍了，上山时你记住，下山时再拍吧。越往上走越好玩，上面的景色多着呢！”

也是。但是，那种忐忑不安的情绪一直纠结着，心里总像是揣着个小兔子七上八下地不踏实。山路的确崎岖，不一会儿就开始浑身发热，脚步也变得沉重，山林野地，如果真要发生点什么，还真是时机。外套脱下来，Sun要帮我背包，我谢了，包还是自己背，自己背着踏实。

苍山与洱海共同形成大理一组富有诗意的自然景观。苍山巍峨秀美，苍莽幽深，云、雪、林、泉、石、花统统组成天然美景，倾倒无数人。“望夫云”和“玉带云”相当有名气。苍山雪更是久负盛名的大理风花雪月四景之一，也是苍山景观中的一绝。云南的八大名花，山茶花、杜鹃花、玉兰花、报春花、百合花、龙胆花、兰花、绿绒蒿，在这里都能闻到

它的香气，看到它的娇容。至于苍山冷杉，是我国冷杉属树种在地理位置上分布最南的一个，而苍山十八溪，每一溪都风姿各异。

不知不觉就到了丛林深处，四周一片静寂，别说人影，连个巴掌大的活物都没有……再次觉得空气紧张起来。Sun的举动有了暧昧的倾向，异性逼迫的气息开始在四周游动弥漫。灵机一动，我开始大声问话，语气尽量坚定而从容，不停地向他抛问题，结果是壮了自己的胆，也分散了他的注意力。猩红的花朵盛开在矮处，躲藏在一片绿色的灌木中，“那是什么花？”“杜鹃花，野生的。”如此而已。攀到2/3时我已气喘吁吁，腿沉得像灌了铅，僵硬得发直，不免有点嗔怪起Sun来，咳，多热的天啊，居然还让我穿厚衣服！

“加油，你是勇敢的，你能上去。”

靠在树干上我喘着大气，“实在是走不动了”，我说，声调都有气无力。想想这爬山的活也需要平时的基础，不是说你想爬就能爬得上去的。长长的索道线在头上掠过，不时会有缆车上的人和我对话，“唉呀，多累多不安全？为什么不乘索道？”“练练体力……呵呵！”

“他们会很佩服你、羡慕你的。”

一屁股坐在了地上，Sun 大叫：不要坐下来歇，最多待两分钟！坐下去再起来，登山就更困难啦，登山要一鼓作气！

难得的一块平坦地带，Sun坐下来喝水、吃东西，我则站着，看着这个走过世界很多地方却依旧孤单的男人，心里嘀咕："他难道不觉得累吗？不厌倦这种孤单走天涯的生活方式吗？"过中和寺，沿石阶而上，我们向高处而去。一个石碑表明我们已进入苍山保护核心区……"登记登记，打火机都交出来"，工作人员命令我在本子上填写身份证号码，然后才给放行。走出很远了，听见后面有吵嚷声，有几个人不交打火机，终于被截住。后来听说，前不久，着了一次山火，烧了很久很久。

绕过小弯，一个平展的大石头断面上清晰地雕刻着遒劲有力的大字："中和位育"、"磅礴排界"。正不知所以，回头瞥到黄色的牌子立在一侧，上书，据《大理风物志》记载：公元1919年云南状元袁嘉谷和文人李根元分别在中和寺后面的石壁上镌刻了上述文字，以颂扬中和峰的磅礴气势和孕育的伟大，都是云南著名人士。

Sun没了影子，估计是到达目的地了，而我也不会迷路了，随他去。三个老外从上面下来，主动跟我打招呼，亲切得要死，打头那个来自加拿大，另两个是英国人，我们简单地对话，人人脸上绽放着快乐。外国人比我们更推崇长途旅游，对他们来说，那是一件比爱情还要重要的事情。目送着这些身影消失在密林深处，想着，有一天我的身影也会出现在她们的国家，就忍不住地在心里默默地为这些异国open的女人们祝福。

黑白花小狗一溜烟跑到我的脚下，不嚷也不闹，讨好似的围着我打转儿。"它来欢迎你了！"哈，Sun正在高处等我。十步以外的红漆大门连带的院落，正是高地旅馆，时间显示1:48pm，这走走停停，我用了多长时间？真有点不好意思说了。

榻榻米是旅馆主人Lili的床铺，很多游客喜欢在这上面躺着看书或者瞧着窗外的自然风景发呆，所以有告示在侧：上床请脱鞋。火炉随时可以取火生暖。屋子里有书看，有吉他弹，有茶喝，有想要的中西餐，还有小东西可以把玩。而我吃惊的是，这建在海拔2600米高山上的旅馆厨房居然会整洁得出乎我的意料……

跟在Lili的后面看她设计的客房。门板上有很多鲜艳的墨迹，都是她和两个白族女孩子的随性涂鸦，不精致，却独有一番自然真情流露。出门即风景：山峦、洱海、树影、鸟语、日光、彩霞、云动、花香……景色无边。这个地方之前很少人上来，像一块石头，沉默寡言，如今，让Lili的手一搅动，一切都活了起来，生气盎然。不是风花雪月的热闹街市，除了想法，也还要有魄力，当然更要有一颗耐得住寂寞的平常心。

泉水洗脸，热水泡脚。门锁、窗锁扣紧，屋外一片黑暗。山上的风声很大，裹着松涛阵阵。一个人，多想一点就怯了，索性什么都不想。

睁开眼，太阳已经露头，窗外，鸟声啾啾，摸起相机冲出门口，站在海拔3000米的苍山上，盯着太阳出现的东方目不转睛，日出的进程在我的镜头里依次叠现。云的变幻和光的力量，自然的美妙和神奇活灵活现，持续了半个多小时才结束。

从原路翻下山回到客栈，一大帮子人围拢上来，看我整理照片，羡慕和赞赏写在他们的脸上。而我知道，有些东西是无法言说的，需要时间慢慢消化和理解，而身体力行是最珍贵的纪念。亲眼目睹了辉煌，云景变幻万千，景观颠倒众生。那一刻，日出磅礴，云蒸霞蔚。

苍山、高地旅馆

原乡滋养

像鸟一样地飞，
也像蜗牛似地爬，
拐弯抹角处，知道有芳华。

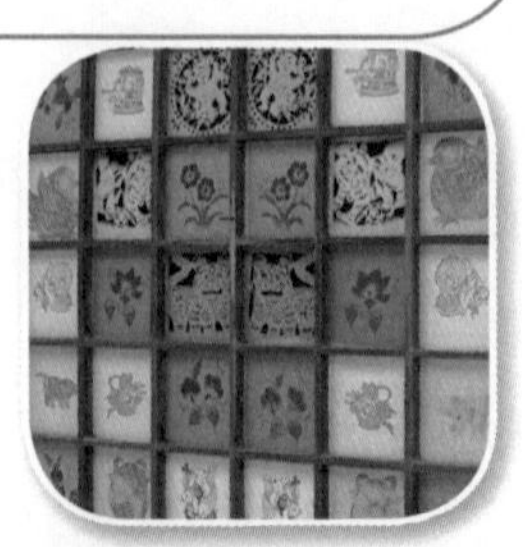

开往橄榄坝的小车沿着澜沧江左岸飞速疾驰。起伏颠簸的弯道，一度让我惊恐，不过终于可以适应了。据说傣语中，橄榄坝叫“勐罕”，“罕”的意思就是卷起来。到了这里，才感觉到真是身处热带风光和民族色彩浓郁的古寨地区了，否则真是有点怅然若失。棕榈、椰子、芭蕉、槟榔遮荫蔽日，芒果、菠萝蜜、绣球果、椰子，看得口水流溢。

橄榄坝的海拔只有530米，称得上是西双版纳海拔最低也是最炎热的地方。街面上静悄悄的，空气闷热，正是晌午的太阳，晃得眼睛金星四溅。

前面的寨子叫曼春满，因为林木繁盛，又称花园寨。寨里有个古

最后一个傣族原生态

佛寺，金碧辉煌中，有着一种不被打扰的安宁。凤尾竹下，尖尖的庙顶，红砖灰瓦，彩绘复杂，色彩浓艳，一派东南亚寺庙建筑风格。这个佛寺已建了1400多年，是西双版纳众多佛寺中最古老的之一。

走进去，门口处有一个铁架子，上面摆放着粗细、大小不一的红蜡烛，旁边的一个墙壁上写着“烧符咒蜡”。在南传上座部佛教的源远流传中，很早便有烧符咒蜡来求佛祖消除疾苦灾难的说法。

这个宗教传统在东南亚地区仍很流行。如果病魔缠身，行事不如愿，生意不兴隆，可以在佛祖前

烧罐有符咒的蜡烛，祈求心愿得遂。符咒蜡由出家僧人用蜂巢、蜡及写有吉语的符咒制成，分为祛灾蜂蜡、财运蜂蜡、人运蜂蜡。

大面积的橘红色出现在左前方。披着袈裟的小僧人正在往绳子上晾晒布单，出家人比起同年龄孩子要自立得多。脱掉鞋子，进入佛门，里面主要展示的是赕佛、颂经、拜佛等佛教文化活动。我更喜欢典型的缅式寺庙建筑外观，喜欢那上面油彩的精致与斑斓，以及尖顶上的玲珑佛标，一遇风吹，就发出丁丁当当的悦耳之声。

在这里见到孔雀并不奇怪，橄榄坝的别名就是“绿孔雀尾巴”，见不到反倒是奇怪。孔雀羽毛因其美丽，历来是人们喜爱的装饰品。清代时，以其与褐马鸡尾羽配合制成“花翎”，以翎眼多寡区别官阶等级。而孔雀的行止动作，宛若舞姿，民间模仿其动作编成“孔雀舞”，《云南印象》的创始人杨丽萍，就是因了孔雀舞而走向世界……

穿过孔雀园和植物园，向古寨深处走去。路两侧都是热带植物，高耸笔直的树上结满还不够成熟的果实，很是垂涎。红的、黄的、紫的，叫不上名字的花开在绿丛中，眨着彩色的眼睛像是在和我对话，那是小绒花、灯笼花，芭蕉树和大肚子树……而路口处一簇直攀升到十五六米高树杆上的粉色花，紧密得如同一堵城墙，是叶子花。在此地，竹木结构的房子离地而盖，还是抢了注意力。几千年前，云南人的老祖宗就住在空中——一种用竹木离地搭建的杆栏式房子中，沿袭至今日，傣族竹楼就是这类杆栏式建筑的翻版。楼下

悬空，养牲畜、放东西，通风透气，预防潮湿和提防野兽偷袭；楼上是生活区，上下互不干扰，各得其所，倒是很符合当地湿热多雨的亚热带地区气候……

楼上悬挂着三个红灯笼，楼顶的灰瓦上有缅式寺庙的标志性元素装饰，还能看到电视天线和太阳能热水器……上楼。门口的台阶上，脱鞋，光着脚一蹬一蹬走了上去，很高。空间大得像展厅，地上铺着地板，踩在上面忽忽悠悠的，有节奏感，不乏几分惬意。桌子很矮，傣家人吃饭时席地，分上下两层，利于摆放食品。搬过小板凳，喝茶，转悠楼上楼下。

番茄南泌是一道傣族特色菜，用番茄做的酱，味道酸辣还有那么一丝清香，当地人用来沾炸牛皮、薄荷、苦笋等菜，是从没有过的味觉体验。

泼水表演的露天地没有人影，纳闷间，瞥见三三两两的人走进一旁的演出剧场。台上翩翩起舞，镜头里是一水水靓丽年轻的容颜，鲜艳的傣族裙将她们发育很好的身材包裹得摇曳生姿，一招一式，一笑一颦都流泻着青春妩媚。有人说，傣族少女的着装打扮，称得上是全世界最美丽多姿的，像孔雀开屏一样，五彩缤纷，却又不失端庄雅致，风情与含蓄合二为一。一块花布首尾相连，形成一个简单的筒状，罩住身体，三折两裹，往腰间掖紧，不仅凸显腰身，穿脱便当，也把傣家女子修长苗条的身材充分展示了出来。

贵宾座的看客基本是男士，目不转睛，心无旁骛，我猜是被这异族风情的浪漫给迷住了。节目中间戛然而止，全体女演员，不对，这里叫小卜哨，站到观众席前，接受客人的评判。“如果你认为哪个小卜哨最符合你心中美丽的傣族美女标准，就给她戴上香包，投她一票……”场上，呼啦一下子就骚动起来，举着香包架子女孩的前后挤满了掏钱的游客……

婀娜犹如舞蹈演员，多情犹如画中的美女，这些是人们想象中的傣家少女，想象的根源在于口口相传的误读。小卜哨亦非昔日可以随意观赏，早已进入商业时

代。她们婀娜依然，美丽依旧，柔美窈窕，一副生动青春的面孔，如果你误读了她们的多情，那就免不了要受伤害。因为多情只是外地人的一相情愿，只有在她们走下台，走到人群中表演时，才会偶尔捕捉到那带点多情的眼神，而那也只是职业的需要。

林木丛中有眼水井，井口两边各立着一个门神，图案花纹蕴涵宗教色彩，看上去更像是一个立体的艺术作品。一条小道延伸很远，两边是茂密的绿色植物，看不到边。小道的尽头是澜沧江，附近还有勐罕曼听佛塔寺。红色与金色的尖顶围墙，红的底儿，金色的大象、孔雀羽毛和眼状花纹图案，围绕着寺中心洁白素裹的白塔，祥和素雅，安宁夺目的气质，令人遐想。

坐在少年的车后座向澜沧江边赶去，天色正在向黯淡转换，我要以最快的速度抵达我预期的每一个地方。从伸向江边的路口下去，踏过碎石路面，开阔的江面一览无余，冯牧的散文名作《澜沧江边蝴蝶会》就取材于这里。

江面宁静悠远，远处一个小码头有人影和船影在动，落日晚霞挂在江水的尽头，金红灿烂。清风微拂着，吹起我脖上轻柔的蓝纱，仿佛蝴蝶的翅膀在翩翩起舞。自由美好，与我的向往吻合，一切都会化作精灵，融入血液渗进骨髓，孕育绽放。

有些没有想象的那么好，有些又超乎想象。无论如何，会记得那些自然、淳朴、宁静的所在，傣族人称其为勐巴拉娜西——人间天堂；著名画家丁绍光把它们画在了纸上——美丽的西双版纳，而走进人民大会堂。一点点真实接触，才让我领会了，为什么世界旅游组织专家考察时说：“这是神居住的地方。”

六营村找乐

在西安书院旅舍，看到有一种当地人称它们为泥玩的东西。有的鲜艳夺目，被摆在窗台、桌面，立在墙角，悬挂墙上；有的线条简洁，颜色素雅，黑与白的勾勒下，竟是一幅安静、沉稳的姿态。

相比之下，更多的是色彩浓艳、构思大胆的。那些炫目的颜色搭配在一起，制造出一种冲撞的对比效果，你争我抢地掠夺着人们的视线，即便是单纯的颜色用黑色的线、点、块细密勾勒，也是一种别开生面的视觉创意。拿起一个又一个，凑近眼前细看，浑朴的手感，让人心生喜爱……

旅舍的员工说，这是陕西出品的正宗艺术品彩绘泥塑，是镇宅避邪、保家太平、增福送喜的吉祥物，也是馈赠亲友的民俗礼品，原产地就在凤翔县的六营村……

六营村在哪儿？到达村口，左右观望，一种异样的感觉浮上心田。这里表面上看是一个普通的乡村，看不出有什么出众的地方，可当走进村子的瞬间，就发觉出它的不一般：家家都有泥塑作坊，人人都会一手捏泥塑的绝技。满地的泥巴和各种不同造型的泥塑，只能用“超乎想象”形容。大门外的水泥路面上、院落里房檐下的窗台上、农家人的炕头上，半成品的泥塑像泥胎，光着身子，整齐地靠在边上，或者是摆起龙门阵……一样样的黄土本色，一股股的泥土清香，耳目一新的同时，又无限地温暖熟悉。不用谁去表白，每面墙，每扇门……都在告诉来此地的人们，这里就是名副其实的泥塑园，是那个有着彩绘美称的村子——六营村。

说起凤翔泥塑，老辈的泥塑传人会说起一段美妙的故事。600多年前，明太祖朱元璋部下的第六营士兵曾囤扎于这里，后发展成村落，村的名字也由此得

来——六营村。当时，士兵中大多数人来自南方，其中有些人来自江西景德镇，他们都有制陶手艺，闲暇无事的时候就和土为泥，捏制出形态各异的人和动物，用各自的手艺来表达内心深处对战争的厌恶，对和平及田园生活的渴望。

战争之后就是太平，有的士兵留了下来，做泥塑的手艺也就一代又一代地传了下来。泥塑的人物和动物，土里土气、憨头憨脑地可爱，不能不令人刮目相看。

村里有老中青三代人物值得记录。老帅叫胡深，家里就是一座泥塑工艺品展览馆，老伴胡凤珍指指点点打下手，儿子、媳妇和两个女儿在泥塑上挥笔描线，连小孙子也“老老实实”地描着他的作品。有着五十多年泥塑绝技的胡深，他的“泥塑脸”获得文化部颁发的“中国民间艺术一绝大展银奖”，之后在国内外艺术大赛中获得大奖就不是偶然了。胡晓红则以马勺脸谱浮出水面。

“泥塑王”叫胡新明，被称为领军人物。他是中国生肖邮票“羊”和“马”的作者，去他家探访，更是惊讶不已。彩绘老虎、虎脸挂片、五色斗牛、奔马、憨猪、吉祥羊、十二生肖挂片、牛头挂脸、乐乐狮子、四条腿的青娃、三足蟾、金蟾吐丝、钟馗、关公、嫦娥奔月、十八罗汉、济公、孙悟空、唐僧、猪八

炕头上的泥玩

戒、沙和尚、贵妃出浴、三雄战吕布……老胡在用泥土和色彩讲述人生的故事。那满目的浓郁色彩，不论是动物还是人物，都以不同的姿态展示着各自的风采和泥塑作者的绝技，那一刻，仿佛走进了一座泥塑艺术的殿堂。

凤翔泥塑是有灵性的。原本是一块泥土，可放在六营村人的手中却成了一件妙趣横生的宝贝。生肖邮票的设计者王虎鸣千寻万觅不得中意的“马”，却在中央美院收藏室里一眼相中了六营村人制作的泥塑马，成了当年生肖邮票的主票，继而泥塑“羊”又被选中2003年的生肖邮票。

洛带邂逅“客家人”

如果不去洛带，我无法谈论“客家人”，哪怕是一星半点。但在洛带，轻易即可找到答案。“客居四海尤是客，家居四海斯为家。”不论走向哪里，不论去向何处，“客家人”都是他们钦定的符号。一路徜徉在青灰和浓艳对比的街面上，心绪被踏实、安稳丝丝缕缕地缠绕，游逛的心不忍离去，差点就印证了出发时laura的提醒，误了回去的公车……

客家人属外来移民，自称“客户”、“客家”，从西晋末期起，在长达1000多年的历史浪潮中，客家人经历的大规模迁徙就有5次。经过多次迁徙，客家人逐步扩散到世界各地70多个国家和地区，并形成既继承中原古风，又刻苦、勤劳、敢于拼搏的优良品质，成为汉民族中一个最特立独行的大民系……

穿小巷到正街前，坐在客家小馆里聊天，吃艾蒿馍馍和辣豆花，搞清楚我的古

镇游路线。听客家话就像听外语，耐下心思听大姐解释洛带，还是含混不清，结合来之前的一知半解，总算把镇名由来归纳清楚：一说是阿斗，即刘禅，当年在这个地方玩耍时所佩的玉带不慎落入八角井中而得镇名“落带”，后易名洛带；二说是此地有一条名为“洛水”的河，如七色彩带般环绕小镇流向沱江而具美名；三说是古时候这里为牧马草场，且以出产皮带著称，而古时称皮带为洛带，故有洛带之名……

无暇考证，既然叫古镇，必有它独特魅力。七拐八拐步入古镇正街时，还是被这里的独树一帜搞得兴致勃勃。

那是一条规划过的青灰色石头街道，整齐、绵长，站在古镇西门楼甄子场这头看不见东头洛带镇的华丽牌楼。街两侧牌楼高悬，水流环绕，商铺鳞次栉比，店幡招展，平日就像过节，远远近近的人都奔着这里的朴实民风和地域特色而来，正当午时，街道拥堵。

与我熟悉的北方不同，见不到一块红砖红瓦，都是青灰色的石材，无论高墙还是矮屋，只有纵横交错的白色缝线把暗淡的灰色切割成醒目的几何图形，添加了一份活力，就连飞檐、屋顶、壁饰亦是如此。与此相反，商铺大多装饰、布置得鲜艳夺

目；摆开的售物颜色纷呈，穿梭的游客花花绿绿的如一条不断扭动身躯的彩龙。

三个大眼睛女子在我眼前晃，每人手里拿着一个零食，仿佛兜里都是金子，不拿出来采购东西就愧对这个古镇。花生、牛皮糖、豌豆粑、油炸野生螃蟹、酥皮点心……就连北京的冰糖葫芦也凑热闹。不知不觉到了甄子场，俗称镇子场，确切的始建年代已无从考证，说法有二：一为古代蜀国皇家后花园；二为蜀汉诸葛亮在此兴市而成，其址名为万副街。难怪牌楼上旗幡招展，颇有古代兵家重镇隘口把守的遗痕。

水渠边沿街一些长满碎小花朵的水井。水不能饮用，在这里成了观瞻对象。两侧除了店铺还有挽着篮子卖蔬菜和时鲜水果的小贩，都是自家前后园子产的，一小把儿，一小堆儿，纯天然无化肥。要是挪到大超市，无疑又是价升几倍，但在洛带，虽然是商业街，还是便宜到家了。直走，可以前往三大会馆，那是客家人的博物馆。比起店铺，会馆的门脸装潢可堂皇考究多了。湖广会馆、广东会馆、江西会馆离得不远，广东会馆显得清静了些，旁边餐楼人来人往打破了寂寥。付货处竟然排起了十几人的小队伍，为的是购买“伤心凉粉”。

“伤心凉粉”的确好看又好吃，可吃到嘴里，海椒辣得嘴巴外翘，花椒麻得舌尖木木，头顶冒烟，额头出汗，泪花、清鼻涕趁势顺流而下，耗尽一包餐巾纸才算恢复了平静。不起眼的东西，吃起来的确好“伤心”哪！这“伤心”跟客家人的生活经历息息相关，本是一支发源于中原、汉民族支系的东方游民，经过几百年背井离乡的沧桑生活，将农耕农作技术传遍江南大地甚至海外。他们每天日出而作，日落而息，辛苦一天，晚上围坐在一起“折饭”（吃饭的意思）的时候，因思念远方的亲人而备感伤心。

食客趋之若鹜，多半举着一个蒲草编织的大盘子，上面摆放着数个瓷碗，从坐着的食客头上掠过。那气势哪像吃小吃，颇有几分北方人大碗吃肉、大碗喝酒的威猛架势。

洛带的主人是客家人，洛带的舞台就是那多得数不过来的店铺。逛店也是情绪活儿，人是环境的产物，环境影响着人。出入北京的赛特、百盛、东方新天地是一种感觉，到后海烟袋斜街、锣鼓巷、三里屯就又是一种心态，而在香港、巴黎、纽约、东京、伊斯坦布尔，又何尝不是如此呢！

看得见的建筑，摸得见的贸易，吃得到的食物，感受得到的风情。进

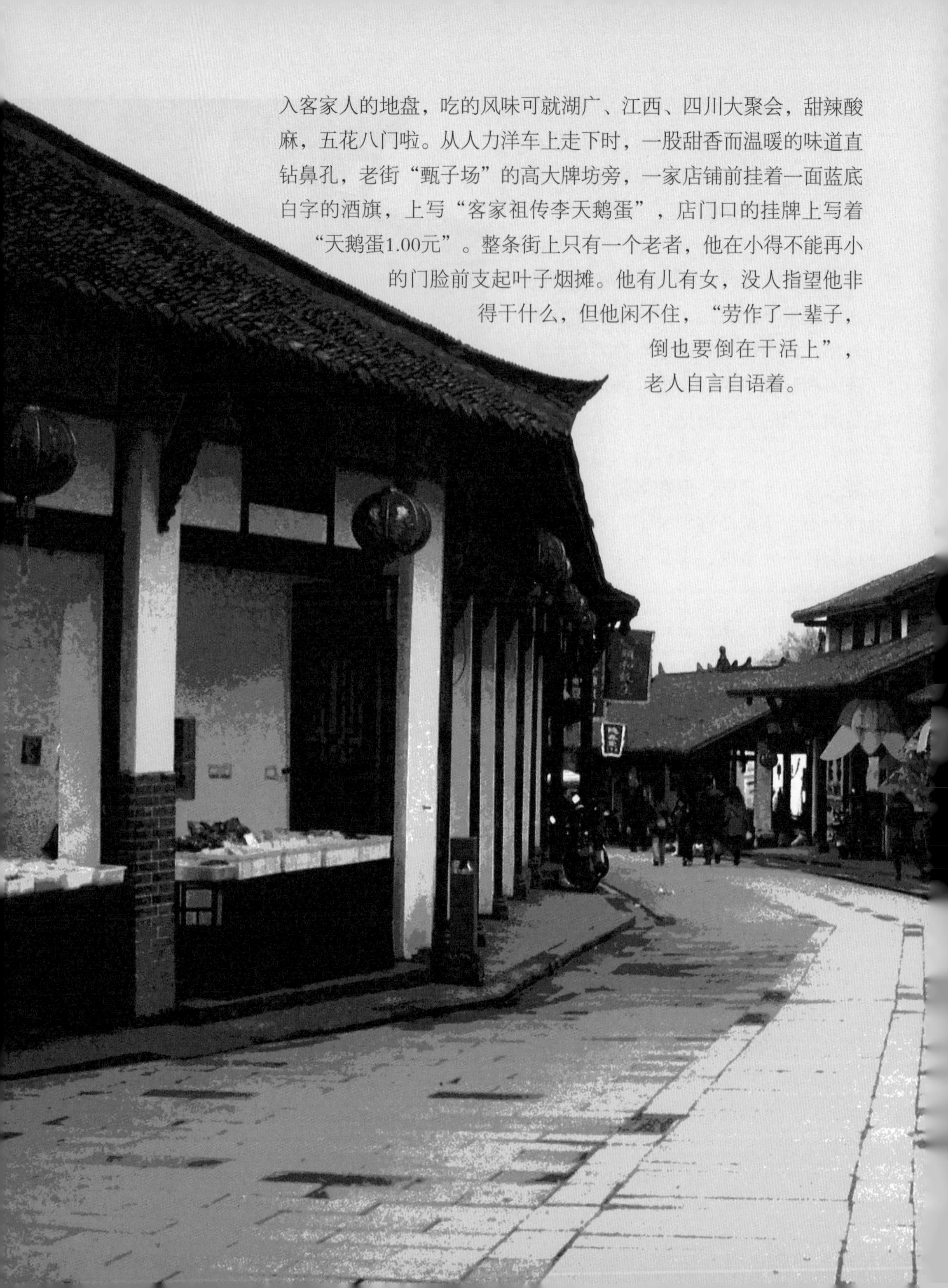

入客家人的地盘，吃的风味可就湖广、江西、四川大聚会，甜辣酸麻，五花八门啦。从人力洋车上走下时，一股甜香而温暖的味道直钻鼻孔，老街“甑子场”的高大牌坊旁，一家店铺前挂着一面蓝底白字的酒旗，上写“客家祖传李天鹅蛋”，店门口的挂牌上写着“天鹅蛋1.00元”。整条街上只有一个老者，他在小得不能再小的门脸前支起叶子烟摊。他有儿有女，没人指望他非得干什么，但他闲不住，“劳作了一辈子，倒也要倒在干活上”，老人自言自语着。

石磨豆花的牌子下食客爆满。鲜亮、品位不俗的小店内灯火通明，古朴的韵味，时尚的货品，在罗沙和丝麻的氛围里，呈现着一派绛红色的异域风情。满布着地道的印度、巴基斯坦、尼泊尔等亚洲货，镶着亮片和珠宝的首饰盒、鞋子以及手提包，东南亚风情的工艺品在角落处发着耀眼的光泽……

特意问了接触到的每个人，他们都不约而同地回答：我是客家人。有太阳的地方就有中国人；有中国人的地方就有客家人，不论在地球的哪个地方。

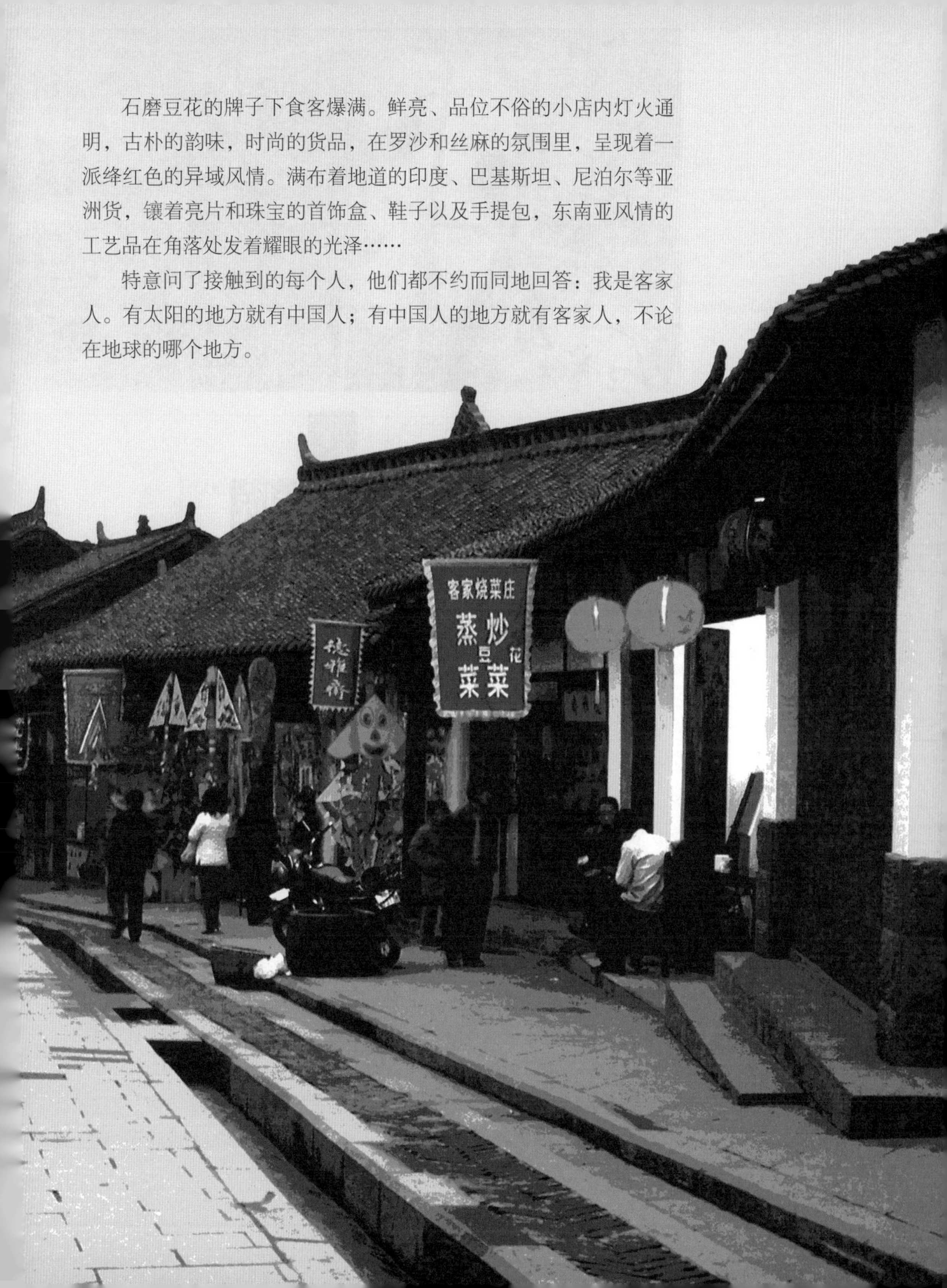

野生动物的"总后方医院"

一提起国宝大熊猫，第一反应就是在四川，难道陕西也有？"当然，不仅有，而且比四川的还名贵呢。"同车坐着四位澳大利亚人，领头的是一个高大帅气的小伙子叫Chad，其余是三位女子。哈，这又是一次有趣的经历，这让我想起去年在香格里拉和四个芬兰大学生同去天生桥的经历……生活有时就是惊人地相似。

大片的果园浮现了出来，周至县猕猴桃基地的牌子立在路边，又像发现了什么宝贝似的拉下车窗追踪园林，嘴里却不由地自言自语，"原来中国的猕猴桃基地就在这里，难怪西安城的礼品市场多的是绿莹莹的猕猴桃片!""从这个路口拐下去可以到达楼观台，那是一个道教圣地……"哦，哦。我不停地点头，而秦岭山脉离我的眼距越来越近了。

山连山，峰连峰，由翠绿到墨绿再到老绿，绵延不绝。作为全球生物多样性11个关键地区之一，谁也数不清秦岭究竟蕴涵了多少财富和宝藏。而各种发掘和传奇，更使这里笼罩上许多神秘色彩。大熊猫只是其中一例，直到1964年才被学术界发现并予以公布，而这比四川大熊猫的发现晚了将近一百年。

“全球仅有的1596只野生大熊猫中，还有一个更为稀有的群体，学术界称为秦岭大熊猫亚种，大约只有273只……平均三四平方公里才有一只大熊猫，非常难找，有个英国人钻进去三天，连个影子都没有发现……”我睁大了双目，惊讶于司机师傅对大熊猫的了解以及我初次闻听的种群，看来，对于背包客而言，这胡走乱逛，要亲自去野外见识大熊猫，十足困难不说，也比较危险。

“那是一个动物园？”

“嗯，有不少野生动物，是一个野生动物抢救中心……以抢救繁育秦岭四大国宝大熊猫、金丝猴、羚牛、朱鹮为重点……”

来得正是时候。一个漂亮的西班牙女郎拎着一个木桶，迎着我们的方向走来，姣好的容貌令人愉悦。不约而同地，我们在一个连间的房子前停下。上面挂了牌牌——熊猫舍，呵呵，你别说，好像是去约会一个暗恋的情人，心竟然怦怦地跳了起来。这时也看清了那桶里的东西，苹果和一种混合过的饲料，原来是熊猫的早餐。

尾随着西班牙女郎的脚步欲跟进熊猫舍，不料被守在里面的管理员挡住，而另外一个英国女子却实现了我的愿望。没办法，我们

只好聚拢到玻璃窗前，透过铁丝网的缝隙窥视。舍里的情形一清二楚，一只熊猫一个屋，离我最近的是个三只手的家伙。摄像头赶紧对准了它。趔趔趄趄地，它有点站不稳，不过抓取食物的速度一点不慢，摇头晃脑的，煞是可爱。

“四川的熊猫和陕西的熊猫有什么不同？”我仍然带着疑惑对出来的管理员说。

“近年来，通过研究发现，秦岭大熊猫与四川大熊猫的遗传分化发生了较大变异。秦岭大熊猫种群大约在10，000年以前产生分化后，在进化力的作用下，已发育成为大熊猫的一个亚种，两个亚种在形态上已经形成了明显的差异……

“你来看，通过头骨对比，四川亚种的头大牙齿小，秦岭亚种头小牙齿大；四川亚种的头长近似熊，秦岭亚种的头圆更像猫乖巧可爱；四川亚种胸部为深黑色，腹部为白色，下腹部毛尖为黑色，毛干为白色；秦岭亚种胸部呈深棕色，腹部为棕色，下腹部毛为棕色，毛干为白色……”

哈哈，不愧是专业人士，知道得如此详细，而我似乎顾不上这些差别，管它四川的还是陕西的，我统统喜欢。不过，必须强调的是：秦岭大熊猫亚种的发现，意味着在国际动物保护领域的旗舰物种大熊猫家族中，秦岭大熊猫的基因更加珍贵，种群更加濒危，需要引起足够的关注和保护。

三个老外被我请到竹林小道旁照相。他们加入了一个国际救援组织，环球一年，平均在每个国家待上一段，在中国大概是一个月时间……有事情做，还可以环球旅行，啧啧！穿过通道，我们哩哩啦啦向羚牛馆走去。这羚牛也不白

给，是一种高山动物，一般栖息在海拔2500~4000米之间，喜欢一帮一帮地群居，青草、树枝叶、树皮、竹叶当粮食，是我国特产的珍稀动物。左看右看，怎么觉得这羚牛有点像传说中的“四不像”。接着去朱鹮笼舍内，朱鹮专家翟天庆先生曾说，朱鹮是典型的“一夫一妻”制，只要两只朱鹮建立家庭，便四季相伴，不会分手。这样的一幕真是不假，眼前就是一对，雌雄朱鹮两两依偎的样子，羡煞我们一行人也。一会啄来啄去打闹，一会脖颈蹭在一起亲热，仿佛说：“亲爱的，俺将一生一世爱你。”这些可爱的宝贝，已经是世界上濒危鸟类之一。有趣的还是漂亮的金丝猴，这些个爱享受的机灵鬼，激情之后很懂得缠绵。不过，哪个游客要是激怒它们，也会看到凶狠的面相和听到刺耳的尖叫……

工作人员提醒我不要错过车入区，因为车入区的食草动物一部分来自非洲，有长颈鹿、斑马、角马、羚羊；另一部分产于亚洲，有中国特有的白唇鹿、沙漠之舟双峰骆驼、高原之舟牦牛，还有仅产于喜马拉雅山南麓的塔尔羊……

看见“真水无香”

湘子庙外巡游一番，但见山门联、围墙壁词和门内影壁的“一脉道源”、“大道至简”。不懂，不仅凝神咏读，释义沉思。进得门去，看见院内高大槐树，据说此树隆冬之日花绽生香，神秘莫测。影壁后的“香泉”造型别致，左侧有立体式的太极图，别具一格，极为罕见，游人驻足。

令人趋之的由来以逸闻、逸事、传说为多，特别是循循善诱的童子签，给孩子们以鼓励、警示、告诫和善导，起到积极的社会作用。韩湘子智谏王府，为百姓“借地还地”，至于施法舍药，治病救人，除霸惩恶更是广播民间，“顷刻花”是精彩的美谈。

韩湘子是八仙之一，湘子庙是其修炼成仙的地方。全国的湘子庙有多处，而西安的这处则是成仙地，亦是韩湘子携妻生活并得道的地方。所以，历代以西安湘子庙为湘子信仰的祖庭，是湘子文化的发源地。说来这韩湘子也不是凡人，论族谱他是晚唐大文豪、“唐宋八大家之首”、诗人韩愈的侄孙。当年韩愈任监察御史、刑部侍郎时，其侄孙韩湘子由故里河南投奔韩愈，并在现在的湘子庙处成道。韩愈曾在其著名的《左迁至蓝关示侄孙湘》一诗中记载了韩湘子应示的仙迹道术。

童子拜签的传说是转述过来的故事。据当年的老道长讲，湘庙童子签源于明末，当时仅有13签。据传城北部有位胡姓女，名叫荥梅，天生俊美标致，睿智颖悟。她母亲是湘子庙西四府街名儒王四先生的女儿。荥梅从小接受家教，为人处事敦厚，待亲至孝。她父亲积劳成疾，多年卧病不起，兄弟姐妹忙于生计，服药伺候全依赖于她。但是，良药遍施，状况却日见沉重。9岁大的荥梅，赤心拳拳，仿效成年人到湘子庙进香求签。来来回回共去了三次，祈祷、许愿、求签，诚请湘祖应

示，众人都以为奇特。经过多次周折，小荣梅在湘祖殿长跪默祷。一日，恍惚间她似乎进入另一个境界，终于获得一枚红色竹签，还得到黄裱签词，签词上书“童子灵签”。说的是：“灵丹妙药出心田，孝心质天。赐汝孝悌美少年。善保善念，位列三班。”

后来荣梅又为其母祈福，又蒙湘祖赐签：“善孝德能，位至公卿，命自我立，福禄自营。”当时，庙主玄一道人解签说：“心好命好，富贵到老。心善面善，自有天鉴。”后来她的母亲活到100多岁，直至无疾而终。而荣梅没到成年就进入户部供职，仕途畅达，连连升迁，家里子孝媳贤，家和事兴。如庙主所说：“命实造于心，福寿唯人召，修心亦听命，最要存善道。”

湘子庙言传已久的“童子进庙，赠签一支”，就是由此而来。实是富于善意的教化之举，湘子文化的部分精要，有一定的现实启示的。

“真水无香”、“上善若水”的出处源自唐朝。那时期，“八水”绕长安，由“八水”引出漕渠、清明渠、永安渠、龙首渠和黄渠等供城内和皇宫用水。井水多为苦水，挑拉买卖“甜水”是正常的社会生活惯例。韩湘子用其住处井水做酒，须臾间酿成了美酒。

逡巡者，一是迟疑不决，进退两难；二是顷刻、须臾快速而行的意思。故而，人们把韩湘子酿成的酒叫做“逡巡酒”。众人仍是迟疑，韩湘子见状，信口吟道：“真酒无苦，真水无香，苦尽甘来，玉露琼浆。”吟罢，韩湘子立即把酒倒入院中水井之内，立时井内飘出一股酒香，令人垂涎欲滴。有人忙去取桶打水试尝，发现并无酒气酒味，入到嘴里却是“真水无香”的甘美，清热解渴，润肺和脾。用来洗头洗脸，清爽滑腻，如醍醐灌顶；用来洗澡，皮肤光洁润舒，嫩柔增色，自感体态轻盈，犹如冰清玉洁，竟然有临潼骊山下，“温泉水滑洗凝脂”的感受。世人感念，将湘子住处的水井称之为“香泉”。

“真水无香”的典故由此而来，“香泉”即“湘泉”，自始西安城内才有了甜水井。西门大井的甜水一直供应到古城用上自来水。除了“真水无香”的典故，还发现了“上善若水”四字匾额高悬殿内，仰视片刻，回转身购了一炷香点上。我不是一个目的性很强的人，很多事情顺势而为，不知道所行有何连带，只是在后来的二十多天后得到信息，我的《川滇线快乐自助游》一书，已经进入我国台湾地区的图书连锁销售网络系统“若水堂”。

云南泸沽湖

图书在版编目(CIP)数据

逃逸的引力/杨沐春涓著.—北京:法律出版社,
2010.4
(杨沐春涓走中国看世界)
ISBN 978-7-5118-0497-6

Ⅰ.①逃… Ⅱ.①杨… Ⅲ.①游记—世界 Ⅳ.
①K919

中国版本图书馆CIP数据核字(2010)第033137号

逃逸的引力	杨沐春涓 著/摄影	策划编辑 周丽君 责任编辑 周丽君

开本 787×960毫米 1/16 **印张** 15 **字数** 176千
版本 2010年5月第1版 **印次** 2010年5月第1次印刷
出版 法律出版社 **编辑统筹** 独立项目策划部
总发行 中国法律图书有限公司 **经销** 新华书店
印刷 北京尚唐印刷包装有限公司 **责任印制** 张宇东

法律出版社/北京市丰台区莲花池西里7号(100073)
电子邮件/info@lawpress.com.cn 销售热线/010-63939792/9779
网址/www.lawpress.com.cn 咨询电话/010-63939796

策划/运营:乐游人传媒机构 E-mail:lyrgood@sohu.com
总监:Angel yang QQ:552044171
装帧设计:丁华勇

中国法律图书有限公司/北京市丰台区莲花池西里7号(100073)
全国各地中法图分、子公司电话:
第一法律书店/010-63939781/9782 西安分公司/029-85388843
重庆公司/023-65382816/2908 上海公司/021-62071010/1636
北京分公司/010-62534456 深圳公司/0755-83072995

书号:ISBN 978-7-5118-0497-6 **定价**:39.80元
(如有缺页或倒装,中国法律图书有限公司负责退换)

蝴蝶蓝单飞线

“游在路上，刷新你我的眼眸。这个世界需要变化，在变化中感受跌宕起伏；在生活的每个高峰低谷，百转萦回，潜心体味。”先知者曾经这样说，现在我向往这样做。

凯鲁亚克的《在路上》出版五十多年了。在出版界大张旗鼓地缅怀、纪念他时，我有幸和他“相遇”，并在越来越多的中国人开始“在路上”的生活时，已经走出了很远很远……

庆幸很多人不曾听说的地方我已造访，体验了很多人不曾知晓和担当的角色。有的人自驾在省际或国际公路上颠簸；有的人身背行囊，徒步漫游在江河湖川；有的人在某个客栈一住就是几个月……有的人把四处游学当做一种生活命题。很多人也许并没有看过《在路上》，却如我一样，过上了“在路上”的生活。那是精神生活的一种需要，一种桎梏的挣脱，一种回归的欣然，出走、漂泊，以致精神的流浪。

告别熟悉、沉闷却高速运转的过往，去寻找那种生活潜流下的闲适与激情，还有不确定因素带来的不安与彷徨。印证、追寻、流浪、梦想，去各自的远方，而留下的是各种记忆和生命律动。

采到一朵花，拾到一粒石，柔软和坚实，如同置放在灵魂深处的两块宝石。我喜欢途中的“蝴蝶蓝”，找到一种平衡的绿色关系，让我看到另一个期望的自己！

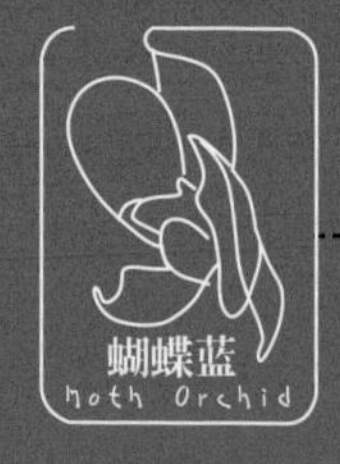

[花朵-蝴蝶蓝]

学名/拉丁名：Phalaenopsis amabilis

英文名字：Moth Orchid; butterfly orchid

学名按希腊文的原意为“好像蝴蝶般的兰花”。热带兰中珍品，有“兰中皇后”的美誉。

1750年被地球人发现，迄今已有七十多个原生种，大多数产于潮湿的亚洲地区，分布于阿隆姆、缅甸、印度洋各岛、南洋群岛、菲律宾以至我国台湾地区，我国台湾地区以台东的武森永一带森林及绿岛所产的最为著名。它吸收空气中的养分就能生存，极富天然野趣。有纯白、鹅黄、绛红、淡紫、橙赤和蔚蓝色。有不少品种兼备双色或三色，有的好像绣上图案的条纹，有的又如喷了均匀的彩点，每枝开花七八朵，多的十二三朵，可连续观赏六七十天。当全部盛开时，仿佛一群列队而出的蝴蝶正在轻轻飞翔，那种飘逸的闲情，令人产生如诗如画、似梦似幻的感觉。

[岩石-蝴蝶蓝]

一种稀有、高贵、坚硬的花岗岩。目前世界上只有我国内蒙古拥有，以典雅高贵、清新柔雅的色调和优良的物理化学性能而著称，畅销欧美市场。

走在前面的女人

毛姆说：如果一个人的一生有90年的时光，前30年用做学习，中间30年用来游历，最后30年用于钻研和著作。这好像就是对我说的。在我的潜意识中，这该是比较完美的人生了吧。时间对于个体确实微不足道，丰富的人生需要经历的也着实太多，我不想太贪，我要我的那杯茶就好。

我的前面是有榜样的，她们是飘扬在前的旗帜。以往那些最伟大的行走女性，大多来自欧洲。

1924年，法国女人大卫·妮尔化装成女朝圣者或者说一名乞丐进入西藏，并写下了引起世界轰动的《一个巴黎女子的拉萨历险记》。由此成为全欧洲知名的女性，法国人的女英雄，甚至当时的法国总统也成了她的崇拜者。

作家耿昇在《法国女藏学家大卫·妮尔（Alexandra David-Néel）传》中这样描述道："1923年6月18日，妮尔与庸登到了成都，在那里患了肠炎。因第四次准备实现进入西藏内地和拉萨的计划，所以大病刚愈就启程上路了。她诸多书中的一部佼佼者——《一个巴黎女子的拉萨历险记》就是这次探险考察的真实记录。她于1922年9月28日到达丽江，10月23日到达一名法国传教士乌夫拉尔的住处并在那里留下了一封信。从此直到1924年2月28日之前，包括她丈夫在内的人再也不知道她的行踪了。因为她化装旅行，日宿夜行。

1923年年底她离开察宗，声称要去雪山阳坡考察野生动物。她已经55岁，庸登24岁。她的皮肤晒得黝黑，完全如同一名真正的藏

族女子，她还用锅底灰和中国墨涂面、染发和擦手，出发时携带的东西只有一顶帐篷、一些支帐篷用的铁柱子、绳索、修靴子的皮子及睡觉时防潮用的帆布等，还有一些食物，酥油、茶叶、糌粑和干肉。腰带及衣下收藏有金银和纸钞，背囊中携带着指南针、钟表、手枪和相机等违禁物品。

经过8天的旅行，妮尔遇到了第一批藏族朝圣巡礼人，帮助一名遭遗弃的老人升到"西方极乐世界"。她穿过了塔那哨所，翻过一座座险峻的山口到达了北托寺。一路上完全靠在庄园中行乞和请求留宿，向寺院、官吏、庄农、巡礼人行乞化缘。她特别记述了从绳索上吊渡澜沧江时的惊险场面。经过阿尼山口，便到达泊龙藏布江的源头，沿途专找荒芜人烟的地方和没有人经过的地方考察。1923年12月22～24日，由于断炊，只好用修靴子的皮子煮汤以充当过圣诞节的食物。"

1957年，英国著名动物学家珍尼·古多尔到了肯尼亚，在非洲研究黑猩猩40年，她的工作使我们对人类自身的人性和人道有了新的深入的了解，也开启了我对动物、植物渴望了解和关注的启蒙之门。

除了这些如同男人一般坚韧、伟大的女人，还有如同凯伦·布里森（Karen Blixen）这样经历普通的女子。她把自己在肯尼亚的异域生活和浪漫伤感的爱情变成文字，一部《走出非洲》成为无数人寄托梦想、渴求远方的经典。

独游时代来了

通常行者的概念给人的印象是：大包裹压在肩上，旅游鞋上脏迹斑斑，浑身上下“灰呛呛”的，一脸长途跋涉的倦容和懈怠……如今，驴子的阵营里也多了很多收入和品位均高的人。你再看他们，装备精良了，色彩丰富了，攥在手里的设备更时尚，款式更酷了；很多女驴子更是路上一朵盛开的米兰，以自己的行动和态度，正在改写着新旅行的定义，摇身变为令人羡慕的可爱的旅游达人。

猛然回首你会发现， 独游时代的精彩大幕正在拉开，出行上路的人数不断增长，更多的是女性的面孔，且大多是一个人的狂欢。她们独自一人，背上行囊，没有男伴也没有女伴，旅途中，她们总会惹来一些异样的眼光……猜测、打量，甚至盘问，只是并不在乎。

或许会在路上碰到一些男伴或女伴，或许会有一段出其不意的浪漫艳遇。但是无论男女，只要彼此意见不合，立即分道扬镳，毫无负担，毫无牵挂，自有一份倜傥飘洒在天地间。

什么样的独女在路上？这类人大多受过不低的教育，经济独立，喜欢户外活动，对人文、历史和风俗文化也有一定的了解和兴

趣。“我们喜欢独自上路，却从不怕孤独，因为路上会碰到许多的人，所以我们依然快乐。”没有家庭的牵挂，没有同伴的束缚，自由自在的独女们正用各式各样的方式享受着自己的精彩旅途，也构建着城市单身贵族的旅游价值观和旅行新模式。

背包族是可敬的人，可以放下一切，有只身出走的勇气。因为自己是痛下决心，所以佩服、理解、羡慕。“放下一切只身出走，是每个人骨子里不安分的欲望”，这只说对了一半。因为缺少勇气，而不是时间、金钱，很多人无法达到欲望。

或许人生观不同，有些人期许成功更热衷于拥有金钱地位带来的优越感，满足自己的虚荣所需，这就是人与人的差别。对另一些人来说，欲望并不遥远，能去一次最喜欢的威尼斯或者阿根廷，逗留一小会儿就足够了。

这是生命鲜活、永葆动力的内力。时刻鞭策自己不要成为金钱的俘虏，名利地位的奴隶。因为人就是来自于原始，最后也会回归于原始，很多东西都是虚无的。

路上的事儿

路上的健康和美丽

无论你准备得如何充分，在路上，毕竟不同于在家里。在熟悉的城市，在他乡异地，在陌生的环境和突变的事故面前，更要对健康、美丽乃至生命的安全多一份在意和自省。旅行是为了更快乐，快乐是为了活得更有意义。结合自己的旅行经历，总结了一些经验公布在这里与大家分享。

健康的八大注意：

不喝生水、凉水（除非是温度在20度以上）；不吃没把握的食物；路上不接受来历不明的物品和食物；不用凉水洗脚，以防抽筋；不得已被雨水淋过或趟过冰河，要尽快想办法冲热水澡、喝热水、吃热乎的饭；途中尽可能多地用热水泡脚，如果能自我按摩就OK了；住宿条件不佳时，睡眠时头的方向远离窗口，以免中风；积极、乐观地面对每一天、每件事，但是不忘乎所以。

美丽的八个关键：

1. 防晒。时刻牢记！
2. 保湿。奉为金科玉律。
3. 修复液。日晒时间长的时候及时修复。
4. 护理。适当在停靠点做美白、修复、保湿面部护理，可以用保湿面膜代替。
5. 遮盖。选择大檐的帽子和较深色的太阳眼镜，在路上，防护永远是第一位的。
6. 清洁。勤换衣服，特别是干爽、清洁的内衣裤。

女性出行的安全策略

走得久了，在路上发现一个比较突出而有趣的现象，那就是总能遇到各种职业和领域的女性旅行者，也许都有共同的心性，很容易交流，进而认识。这才知道，很多女子都有在路上独自旅行的经历，“独立、坚强、喜欢新鲜事物，舍得为自己投入，敢于尝试和冒险”等，成为这类人身上共有的标签。这支队伍正在不断地繁衍、变化、壮大着，不知不觉中，已成为一道绚烂、丰富、颇具个性特征的路上风景线。在一项女性消费需求的调查结果中显示：女性消费生活方式选择“旅游”的比例最高，其次才是“保健”和“文化教育”。

“女驴子”游玩可是不喜欢跟着观光团赶行程。她们大多喜欢自助游，跟随自己的心灵追求而动。最常见的状态是：一个人穿着旅游鞋，背着双肩包四处跑，一副悠哉游哉、天马行空的样子，唯一担心的就是人身安全和财产安全。由于女性特殊的生理、心理原因，女性和男性出游还是有不同之处，需要更多的小心和对自己的爱惜以及保护。

在途中 一定要带上药品，特别是那些知道自己有病症的旅行者，如哮喘、胃炎、心脏病、晕车等，要备足每日的药量。其他如创可贴、消炎药、感冒药、退烧药也都带一些，以便应急。城市、县镇会有药店，但是能不能满足你的要求，就很难说了，用空胶卷筒或者轻便的塑料药瓶装好药，一定做上标签，以免弄错。如果远离城市，一个人或几个人出行，最好事先写好一张身体状况的基本卡片，如血型、过敏体质、最有效的联系方式等，就像特种兵、野战军出征那样，以防突发事件，为急救提供准确的信息，争取时间。

存放好钱款和各种有效证件 临行前计划好大致去的地方、线路，以及天数，对费用有大体的预算，通常比计划的至少要多出1000元左右，以防额外开支。除了单程票款外，身上不带更多现金，以五六百元为宜，其余如果数量小，存进一张银行卡；数量大的，存进多个卡，以6000元和10，000元为一个单位。建议钱款的存放要化整为零，分别不同的地方存放。大面值的放在贴身内衣、内裤外面的几个口袋里，至少应分在两处，随身带的包里和外衣兜里可以装一点零用钱，在20元至50元之间。如果经常出游，不妨购置一两件带存钱兜的内衣裤，百货商店和内衣批发市场可以买到，或者在贴身处缝制一个临时的兜兜，只要你人不丢，保管你的钱款总是和你在一起，嘿嘿！

陌生人　出门在外，几乎每时每刻都要接触到陌生人。以往得到的训诫是：不要与陌生人交谈，以防不测，特别是单身女子出行。其实大可不必，太多的顾虑反倒束缚了自身。旅行就是扩大视野和社交圈，那是一条蜿蜒流淌的溪流，有无限的延伸性，是一块富含稀有金属的宝矿，等待有心人的发现和挖掘……一概拒绝，把自己包裹得严丝合缝，铁桶一般，旅行的魅力和情趣也就打了折扣，那是一种不可复得的损失。

当然要绷紧一根弦，中庸一点也许是个上策，凭直觉和对方交谈，感觉好的多聊一会儿，不合适的，随时打住。谈话要讲究技巧，谈论的话题要有筛选，如天气、自然、某个城市的印象、新上映的电影或者某本书……交流只是一种形式，反映的却是一个人的态度和对生活的理解，言谈举止就可以判断出一个人的大致背景和文化素养，可以根据自己的喜好取舍决断。根本的问题在于，要有自我保护的意识，说白了，就是不要主动吐露自己的真情实底。如果缺乏自信，可以多提问题少说话，当一个好听众也不错。乘坐长途汽车时，尽量提前上车，选择较好的座位，尽量往前坐，这样假使出现什么问题，车内人都可以看到。通常司机周围的座位是最佳位置，这里相对空间大，便于照管自己的随身物品，视野也宽阔。最棒的是，这个位置不必与更多的陌生人拥挤在一起，对独行的女性来说，更安全稳妥一些。

经常被问到的 Answer

Q1：一个人出去玩实在找不到住处怎么办？

A：很少遇到这类情况。可跟招待所的服务员商量打地铺，或跟她们挤一下，一般教堂、寺院都有接待客人的房间，实在不行在火车站候车室挨一晚第二天再找。或者坐车跑到再远一些的地方居住也能挨过。曾在兰州一家很大的网吧熬了一夜，大半时间上网，然后趁机休息了三个小时。

Q2：一个人出门一定要包一个房间吗？

A：不一定，视当时的条件而定。根据个人经验，都是到了地方后，临时决定住宿，自助游的特点之一就是不确定，越到景点深处事先预订的可能性越小，随机应变的时候比较多。但是，如果有青年旅舍，通常会直奔而去，可以只订一个床位，一般比较干净、安全，一人一个带锁的柜子，出门也放心。

Q3：一个人谁给你照相呢？

A：呵呵，这个很容易啊。如果不是拍摄写真大片，根本不用雇用专门的摄影师随行，如今的数码时代，已经造就了很多民间摄影爱好者，而且在路上非常容易碰到会使用数码相机的人。如果幸运，说不定还会邂逅摄影技术很出色的。另外，很多旅行目的地的工作人员也会帮忙，实在没有合适的人就自己多拍些风光照也不错。没有必要每个地方都留个照片以示到此一游。特别提醒旅行者的是，请陌生人帮忙照相时千万要留个心眼，最多把相机给对方，别把所有的东西都交代出去，万一遇到坏人也不过丢一架相机而已。

单身女子出行，
Question &

Q4：万一钱被偷光了怎么办？

A：这种倒霉事千万别出现。如果发生了，先找当地派出所报案，再讨1元钱在银行开个户，打电话回家请求马上支援（可以在警察局里打），记着告诉家人你的新账号。

Q5：一个人会寂寞吗？

A：寂寞是一种心理活动。你想寂寞，即使处在人堆里、待在办公室里忙碌地工作也会发生。如果你不想寂寞，即使一个人也不会，路上的内容不仅丰富而且流动，经常是眼花缭乱的，有时饱和得都来不及消化，就进入了下一个线路。如果没有特别伤感的经历，几乎是远离寂寞而饱享一个人的盛宴的。此外，也是非常非常重要的就是路上会比平时更易结识新朋友，学到更多的东西，玩得更开心，视野不断地被放大。每天面临的人和事都处于动感的变化中，别说寂寞，就连孤单的理由都是少有的……

Q6：一个人出门不方便的地方？

A：因人而异吧。有时好吃的太多，点多了浪费，点少了又望着流口水。不过也好解决，多点几次，每次只点一两个品种。住的方面，有伴儿的话可以节省一些，特别是同性（或者夫妻）的两个人结伴出游，可以包房间，相对会住得好一些，也会节省不少住宿费用。还有，一个人就是没有依赖，凡事都要自己谋划、自己担当，对于一个独立性已经很强的人来说，这不成问题；对于习惯了有伴儿的人来说，正是一次锻炼和培养自己独立行事的机会。

和享受”的装备

旅行将生活分成两个部分：一半是辛苦，一半是快乐。长途旅游生活中要保持尽可能多的轻松，还要保持一定的“奢侈”与“享受”，这也是现在的旅行和以往任何时期的旅行最不一样的地方。

因此，旅途带东西不要太多，像衣物、吃食等能够随时购买的东西尽量少带。不过，以下另类装备可是体现“奢侈”与“享受”的画龙点睛之品。

头巾：徒步于丛林中，蜘蛛网是常有的，让它缠在头发上，一定难受，用头巾不挡视线，拍照不碰取景框，还可以擦汗。一块漂亮的布方巾，还可当做毛巾或者领巾，必要时还能起到御寒的作用。

手杖或棍子：伸缩式的最好，节省空间，必要时赶野狗，拍摄时做独脚架，开路时可以打草。

飞碟：可当做长途车上的水果托盘、切菜或书写的垫板、碗碟、小脸盆或盛水器，可谓是水陆两用的娱乐用品。

私人名片：只有联系电话、本人地址、E-mail、MSN和QQ。免去反复书写的麻烦。关键时刻，还可做路标，隔100米放上一张，用小石块压住，上面还可给后来人写留言。当然，如何放得醒目，那也是一门学问，需要动点脑筋。

大方巾：用途随时随地。可做浴巾，在江河湖泊游完泳，众目睽睽之下，换衣服就如此了；天热，披到肩上可防晒；天冷，裹在身上可御寒；到了住宿地，遇到不喜欢的床单，把它一铺，当床单也不错。

略微“奢侈”户外

洗漱包：洗漱用品要打理得井井有条。

密封袋：每次出门带10个，湿的衣裤，买的零食，皆可装入，塑料袋若不密封常会误事。以上物品，重量及体积不大，作用不小，特适宜背包族，走在路上就知道好处了，不妨一试。

***户外旅行携带药品参考**

呼吸系统用药：白加黑或速效伤风胶囊，用于感冒、发热、头痛；六神丸用于急性扁桃体炎、咽炎、嗓子痛、喉干不适等情况。

消化系统用药：黄连素、阿托品、胃舒平等用于胃痛、胃胀、腹痛、腹泻，藿香正气水、十滴水可用来治中暑、胃肠不适等症。

外用药：创可贴适用于小外伤伤口，紫药水用于皮肤黏膜感染及溃疡，红花油用于外伤或扭伤，氧氟沙星和病毒唑滴眼液预防各种眼疾。

其他药物：息斯敏用于“风疹块”、花粉过敏等，乘晕宁用于晕车、晕船等，牙痛一粒丸、复方新诺明或头孢氨苄胶囊用于抗菌消炎，有哮喘或冠心病的患者应随身携带应急药物，如息喘灵、硝酸甘油等。

所有药物应保持干燥并注明药名及用法。

***穿衣戴帽原则**

轻便：穿过厚的衣服和带过重的东西，易给旅游者造成负担。身体出汗后，脱了厚厚的外套怕着凉，不脱又受不了。因此，出门旅游应穿戴轻便、实用的衣物。

宽松：有些年轻人喜欢穿紧身衣裤，追求“曲线美”。从旅游保健的观点看，紧身衣裤不但妨碍关节和肢体活动，而且会摩擦皮肤、压迫皮下组织，有碍血液循环，也不利于汗液的蒸发，有损健康。

暖色彩：衣服的色彩直接影响到人们的姿态、情绪和旅游气氛等，对于服装的色彩，各人有各人的习惯和爱好，但出门旅游最好穿暖色的衣服。鲜艳的服装色彩，不但可使人与自然景色相辉映，拍出的照片效果好，还有利于同伴们寻找。

土耳其卡帕多奇亚格雷梅露天博物馆